NAGE LIBRE

VICE CACHÉ

Jessica Anthony

NAGE LIBRE

Traduit de l'américain par Claro

le cherche midi

Vous pouvez consulter notre catalogue général
et l'annonce de nos prochaines parutions sur notre site :
www.cherche-midi.com

Collection dirigée par Claro, Arnaud Hofmarcher
et Marie Misandeau

Titre original : *The Most*
Éditeur original : Little, Brown and Company

92, avenue de France
75013 Paris
serviceclients@lisez.com

Composition : Peter Vogelpoel
Dépôt légal : janvier 2025
ISBN : 978-2-7491-8194-3

Pour ma famille, et ceux et celles qui gardent les ponts.

Et un jour je connaîtrai ce divin moment,
où tout ce que tu es m'appartiendra.

Oscar Hammerstein II et Jerome Kern,
extrait de la chanson « All the Things You Are »

1

KATHLEEN BECKETT eut un réveil difficile. C'était un dimanche de novembre. Il faisait chaud pour la saison. Elle repoussa les couvertures, roula sur le dos, défit le nœud de sa robe de chambre. Elle n'irait pas à l'église, déclara-t-elle à Virgil, son mari, mais inutile de s'inquiéter. Ils n'avaient qu'à y aller sans elle.

Virgil hésita. Cela faisait six mois à présent qu'ils se rendaient à l'église, et sa femme n'avait encore jamais raté un service. « Tu es sûre que ça va, chérie ? » demanda-t-il en nouant sa cravate.

Kathleen, Kathy pour ses amis, Katie quand Virgil se montrait tendre, hocha la tête. « Je vais très bien, dit-elle. Je n'aurais pas dû dormir dans cette flanelle. Vas-y. On se verra à votre retour. »

Virgil embrassa sa femme sur le front. Leurs fils, Nicholas et Nathaniel, attendaient sur le seuil de la chambre. « Votre mère est patraque, leur dit-il. Allez vous habiller tout seuls. »

Les garçons regardaient fixement leur mère.

« C'est quoi son problème ? » dit Nicholas.

Virgil le fusilla du regard. « Votre mère est patraque, d'accord ? Laissez-la tranquille. »

Les garçons se retirèrent dans leur chambre et mirent leur costume du dimanche. Virgil prépara le petit déjeuner, puis entassa tout le monde dans la Buick Bluebird '57 familiale flambant neuve et prit la direction de l'église presbytérienne. L'église en question se trouvait à une vingtaine de kilomètres d'Acropolis Place, la belle résidence en forme de pentagone située dans la banlieue de Newark, Delaware, où les Beckett habitaient depuis le mois de mai, depuis que Virgil travaillait pour Equitable Insurance, à Wilmington.

C'est Kathleen qui avait trouvé l'endroit. Ce n'était qu'un appartement, mais il était neuf, tout moquetté de vert, avec pour caractéristique une cheminée à gaz qui s'allumait au moyen d'un interrupteur. Il y avait un réfrigérateur, des étagères allant du sol au plafond pour ranger ses romans et ses livres de cuisine. Dans le salon, une porte vitrée coulissante donnait sur un balcon blanc en fer forgé d'où l'on avait vue sur un petit bassin en forme de haricot dont personne ne semblait profiter depuis que les Beckett s'étaient installés ici.

Peu importait à Virgil où ils vivaient tant que Kathleen était heureuse, mais il avait dû accepter un salaire moindre en allant travailler pour Equitable. Leur maison de Rhode Island était partie quasiment au même prix qu'ils l'avaient payée dix ans plus tôt. Il espérait qu'ils ne resteraient pas longtemps dans cet appartement.

Après Noël, se disait-il, ils pourraient commencer à chercher une maison à Wilmington, mais en attendant la famille parcourait chaque dimanche la vingtaine de kilomètres la séparant de l'église presbytérienne pour écouter le révérend Underhill disserter avec le même flegme sur Jésus et les repas partagés.

Souvent, après le service, Virgil et les autres employés d'Equitable s'attardaient sur un carré de pelouse devant l'église, vêtus de leur costume repassé et coiffés de leur feutre, pour fumer et parler affaires, famille, loisirs, tandis que les femmes, engoncées dans leur crinoline, s'attardaient dans le vestibule pour causer avec le révérend, avant de consacrer leur après-midi à la cuisine et aux cocktails. Aujourd'hui, le temps, inhabituellement chaud pour la saison, poussa tout le monde à fuir le plus vite possible l'église presbytérienne, et le révérend resta là à regarder ses ouailles s'entasser hâtivement dans leurs voitures, en se demandant ce qu'il avait pu dire pour qu'ils détalent ainsi.

Virgil Beckett fut le premier à franchir la porte de l'église. Les accords majeurs du dernier hymne résonnaient encore dans la nef quand il demanda à voix basse aux garçons de mettre leur manteau. *J'irai voir d'abord comment va Kathleen*, pensa-t-il. *Puis j'appellerai Wooz.* Le terrain de golf était forcément ouvert par un temps pareil, même s'il n'avait encore jamais joué au golf aussi tard dans la saison.

Il n'y avait presque plus de feuilles sur les arbres.

Virgil avait pensé à sa partie de golf pendant tout le sermon et n'avait aucune idée de ce que le révérend Underhill avait dit. Ayant grandi en Californie, il appréciait l'été indien, et se voyait déjà en chemisette et pantalon, en train de faire un swing, avec la sensation de la sueur dégoulinant dans son dos. Il imaginait l'odeur de l'herbe chaude et brune sous ses pieds, la présence du soleil de novembre dans le ciel. Aussi, tout en se dirigeant d'un bon pas vers la voiture avec les garçons, il se demanda non sans inquiétude si le green serait ouvert et, au cas où il le serait, si les employés auraient pris la peine de le ratisser et le tondre.

« C'est parti », dit-il, et les garçons s'entassèrent à l'arrière de la Bluebird.

Virgil jeta un coup d'œil à ses fils dans le rétro. Ils n'avaient pas dit grand-chose ce matin et étaient avachis sur la banquette. Ils avaient déjà ôté leurs manteaux. Leurs visages étaient roses et luisants.

« Ça va, les gars ? demanda-t-il.

— On n'aime pas les habits du dimanche », dit Nicholas.

Nicholas, le plus jeune des deux, parlait souvent pour son frère et lui.

« On est presque arrivés, dit Virgil. Une fois à la maison, vous pourrez vous changer et sortir. C'est pas un temps magnifique, ça ? Vous voulez pas jouer au base-ball ou je ne sais quoi ? Faire un jeu ? »

Les garçons ne répondirent pas.

Virgil actionna le clignotant gauche de la Bluebird. La voiture cliqueta, et ils attendirent.

Virgil se demanda soudain si Kathleen n'était pas enceinte.

Il ignorait pourquoi il n'y avait pas pensé avant. Même si la plupart des femmes renonçaient une fois la trentaine passée, un troisième enfant à son âge n'aurait rien d'inhabituel. La plupart des employés d'Equitable en avaient trois. Mais la prudence était de rigueur : un homme devait veiller à ne pas se charger inconsidérément. Virgil connaissait mal Tom Braddock, mais ce dernier avait quatre enfants et suscitait la jalousie depuis des années. Mais le mois dernier, l'aîné était soudain décédé. Ça s'était passé juste devant chez lui. Une artère bouchée dans le cerveau – ou était-ce le cœur ? la jambe ? Quoi qu'il en soit, le garçon s'était juste écroulé sur la pelouse, et maintenant Virgil considérait Braddock avec méfiance. C'était la pire poisse qui puisse vous arriver, il le sentait, le genre de poisse qui pouvait vous sauter dessus si vous vous en approchiez trop. Le boss de Virgil, Lou Porter, avait dit à Braddock de lever le pied le temps qu'il voulait, à lui de voir, et tout le monde faisait comme si c'était mieux pour Braddock. La vérité, c'est que personne ne supportait plus sa présence.

Virgil se demanda si ça serait une fille. *Ça serait une bonne chose pour Kathleen que d'avoir une fille*, pensa-t-il. Il était heureux d'avoir des garçons, mais une fillette pourrait tenir compagnie à Kathy d'une façon différente, et il avait peur parfois qu'elle se sente seule avec tous ces hommes dans la maison.

Quand il arriva enfin à Acropolis Place et gara la Bluebird sous l'auvent, Virgil Beckett vit le bébé aussi clairement qu'il se voyait faire du golf au cours de cette chaude après-midi. Il aida les garçons à descendre, claqua les portières, puis monta rapidement les marches jusqu'à l'appartement 14B et se rendit directement dans la chambre pour voir comment allait sa femme. « Kath ? » fit-il.

Elle n'était pas là.

Virgil resta un moment à contempler le lit. Il était fait au carré.

« Kathleen ? »

Il sortit de la chambre et alla voir dans le salon, la cuisine. Elle n'était nulle part. Il se dit qu'elle était peut-être allée à la pharmacie, quand il entendit Nicholas s'écrier :

« Maman est dans la piscine ! »

Virgil rejoignit ses fils sur le balcon.

Kathleen se tenait à l'extrémité du bassin, dans l'eau jusqu'à la poitrine, ses coudes confortablement posés sur la margelle de béton. Elle portait son vieux maillot de bain rouge, celui du temps de la fac. Il ne l'avait pas vu depuis des années.

« Kathy, lança-t-il en riant. Qu'est-ce que tu fais ? »

Sa femme leva la tête, se protégea les yeux avec une main pour bloquer le soleil. Une cigarette dépassait d'entre ses doigts.

Elle aperçut Virgil et agita la main.

Virgil sortit de l'appartement et descendit dans la cour. Le temps qu'il arrive au bord de la piscine, plusieurs voisins avaient ouvert leur baie vitrée et les observaient depuis la rambarde de leur balcon.

Il s'agenouilla. « Kath, dit-il. Ça va ? »

Mrs Beckett sourit à son mari. « Je vais très bien, dit-elle. Jamais sentie aussi bien, d'ailleurs.

— Qu'est-ce que tu fabriques ici ? »

Kathleen Beckett, Lovelace de son nom de jeune fille, avait été athlète dans sa jeunesse. Elle était grande et, naguère, avait été élancée. Elle avait choisi le tennis, et s'était bien débrouillée du temps de la fac, remportant les tournois interuniversitaires féminins en 1947 et 1948 à l'université du Delaware. Une photo de Kathleen en noir et blanc, en robe de tennis, raquette à la main, était toujours accrochée dans la bibliothèque de la fac.

Son héroïne était Margaret Osborne duPont, la championne nationale actuelle qui, en 1957, avait accumulé trente-trois titres du Grand Chelem, dix Wightman Cups. Margaret Osborne duPont, qui vivait sur un vaste domaine à Wilmington, à tout juste trente kilomètres de Newark, et avait la plus grande endurance que Kathleen ait jamais vue chez une joueuse de tennis. Quand Kathleen apprit par le journal que le père de Margaret était mort, elle lui écrivit une longue lettre, pour lui dire à quel point elle l'admirait.

Virgil avait toujours aimé regarder Kathleen jouer. Son long corps flottait sur le court. Son bras droit balayait l'air en un large geste chaque fois qu'elle frappait la balle, et elle émettait parfois un *hah!* guttural. Avant la remise des diplômes, Kathleen avait brièvement envisagé une carrière professionnelle – il y avait ce coach, Randy Roman, qui était prêt à la signer quand elle voulait – mais ce n'aurait pas été une vie facile, et Virgil remerciait ce Mr Roman de l'avoir bien précisé. Randy lui expliqua sans détour ce que signifiait vraiment s'entraîner tout le temps, jouer au tennis dans tout le pays – ou, si elle gagnait ici, d'aller jouer en Australie – et Kathleen finit par décliner sa proposition. Elle empocha son diplôme, épousa Virgil et emménagea avec lui à Pawtucket.

Après la naissance des garçons, Kathleen continua de jouer au tennis pour le plaisir. Elle ne gagnait pas toujours – il lui paraissait plus important de laisser ses amies remporter quelques points plutôt que de les battre d'emblée, disait-elle, et en outre elle ne s'était jamais vraiment remise de ses grossesses au niveau du bassin. Elle ne se déplaçait plus aussi vite, ne frappait plus la balle aussi fort. Finalement, elle cessa complètement de jouer, et maintenant Virgil lui répétait chaque jour combien elle était belle.

Dans la piscine, Kathleen abaissa ses avant-bras sur la surface de l'eau et les laissa flotter. Ses cheveux châtains étaient attachés en un nœud humide sur la nuque. Elle agita malicieusement les pieds et Virgil put voir la peau de ses cuisses remuer sous l'eau. Quand ses pieds touchèrent le fond, tout son corps trembla, légèrement.

« J'avais chaud, dit-elle. C'est pour ça que je suis sortie. »

Virgil contempla le ciel bleu et s'inquiéta pour Kathleen. Puis il s'inquiéta pour sa partie de golf. Un mois de novembre chaud était une chose très rare dans le Delaware, et il devait appeler Wooz le plus rapidement possible. Artie Wooz, son collègue le plus ambitieux à Equitable, n'attendait jamais personne, sauf leur patron. À l'égard de Lou Porter, disaient en riant les employés d'Equitable, Arthur Delano Wooz était un puits d'infinie patience.

Il doit faire vingt et un degrés, pensa Virgil, tandis que des oies passaient en V au-dessus de leurs têtes en criant. Était-il midi ?

« Bon sang, Mrs Beckett, dit-il. Tu ne t'es pas encore assez rafraîchie ? »

Kathleen se laissa couler, prit une pleine gorgée d'eau et refit surface, en la recrachant. D'ordinaire, elle riait quand il l'appelait « Mrs Beckett », mais pas aujourd'hui.

« Je fais juste trempette, dit-elle. Nous avons une piscine, après tout, et personne ne s'en sert. Quand on a emménagé ici, on nous a parlé de la piscine. Elle est ouverte, et les garçons n'y vont jamais. Alors j'ai eu envie d'en profiter. »

Elle fit un bond dans l'eau et salua les garçons.

Ils ne lui rendirent pas son salut.

Virgil baissa la voix. « Kathleen, dit-il. Tu es enceinte ? »

Sa femme ferma les yeux. Elle cracha de nouveau de l'eau, tira sur une bretelle de son maillot de bain.

Quand avait-il vu ce maillot pour la dernière fois ? se demanda-t-il. Ça remontait à au moins huit ans. Pas depuis les années 40. Le maillot était démodé, avec une sorte de volant à la taille, et Virgil n'aimait pas la façon dont les fines bretelles entaillaient à présent les épaules charnues de Kathleen, laissant des marques rouges sur sa peau, soulignant ses hanches. Le tissu était si usé qu'il pâlissait autour des seins, et Virgil s'aperçut avec horreur que s'il regardait attentivement, il pouvait distinguer les tétons de sa femme, ronds comme des cœurs de cible.

Le maillot semblait sur le point de se déliter d'un instant à l'autre.

Virgil s'accroupit au bord de la piscine, comme son maître nageur du temps de la fac. À la différence de sa femme, ce n'était pas un athlète ; il n'avait nagé que pendant un seul semestre, et n'avait jamais remporté de rencontre sportive. Perdre n'avait jamais été un souci pour lui. Bien que n'étant pas très grand, Virgil Beckett avait été un des hommes les plus séduisants du campus – les gens l'appelaient « Tab », en référence à Tab Hunter, le beau gosse d'Hollywood. Quand il était petit, sa mère, une beauté blonde et élancée du nom d'Elizabeth – Bitsy –, lui avait dit de ne pas s'inquiéter : inutile puisqu'il était beau.

Virgil essaya de ne pas penser à leurs voisins, qui étaient apparus sur leurs balcons. C'étaient des personnes âgées, n'ayant rien de mieux à faire après l'église et avant le repas.

Plusieurs d'entre eux les montraient du doigt.

La scène commençait à lui rappeler la fois où, à Pawtucket, avant la naissance des garçons, Kathy avait déboulé à son bureau vêtue d'un simple imper sur sa chemise de nuit. Cette dernière, longue et froissée, dépassait du bas de l'imper. Et lui donnait l'air d'une folle. Il aurait préféré qu'elle soit nue, avait-il toujours pensé, et maintenant voilà qu'elle était dans la piscine, en novembre.

« Arrête de te balancer comme ça, bon sang », dit-il.

Kathleen fixa la surface de l'eau. « Pourquoi ? »

Virgil eut un mouvement de recul. Il n'était pas collet monté, mais n'était pas non plus très à l'aise face à l'inattendu. Toute sa vie, il avait préféré trouver des arrangements avec ce que le destin lui réservait.

Il avait fait la guerre, comme tout le monde, et pour la plupart des hommes l'expérience les avait soit poussés à devenir des meneurs soit détruits. Rien de tout cela n'était arrivé à Virgil Beckett. En mai 1944, il avait débarqué par bateau en Italie en vue d'une attaque dans le sud de la France qui n'avait jamais eu lieu, et il avait passé quinze jours à jouer les touristes dans un Naples en ruine, hébété. Le jour où il se tordit la cheville en sortant les poubelles, il fit croire qu'elle était cassée, et se retrouva à errer avec des béquilles dans les couloirs de l'hôpital pendant encore quinze jours, flirtant avec les infirmières italiennes jusqu'à ce qu'on accepte de le renvoyer chez lui. À l'automne, quand il s'inscrivit à l'université du Delaware, il continua de boiter un certain temps parce que les filles semblaient aimer le voir blessé. C'est ainsi qu'il rencontra Kathleen.

Par une journée humide d'octobre, Virgil tuait le temps dans la cabine audio de la bibliothèque, sa cheville en hauteur, les bras posés sur les montants de ses béquilles. Il écoutait des disques de Charlie Parker en rêvant de faire partie d'un célèbre quatuor de jazz, de jouer du saxo dans une grande salle devant un vaste public. Il aimait surtout « Hot House » et « Anthropology », mais également des morceaux plus lents, comme « All the Things You Are ». C'est ce dernier qu'il écoutait quand il remarqua une brune élancée assise à une table non loin de sa cabine, en train de lire. Ses cheveux châtains, épais et brillants, étaient divisés en deux, et elle portait une robe blanche à volants qui l'avantageait.

Virgil contempla la robe pendant de longues minutes avant de réaliser que c'était une tenue de tennis.

Quand il trouva le courage de partir, il passa en boitillant devant la table et sentit une décharge dans son corps quand Kathy leva les yeux vers lui, murmura « Faux-cul » et sourit.

Bien que n'étant pas Bitsy Beckett, Kathleen Lovelace était jolie et savait se maquiller pour se mettre en valeur. Elle riait facilement, ce qui accentuait son charme. La première fois qu'ils firent plus que s'embrasser, il se faufila par la fenêtre de sa chambre, et elle devait se douter avant lui de ce qui allait se passer : sa coloc ne reviendrait pas avant deux heures, dit-elle. Elle avait changé les draps.

Virgil ignorait à quoi s'attendre mais fut agréablement surpris quand Kathleen le fit asseoir sur son lit, déclara que, pour des raisons évidentes, il ne pourrait y avoir pénétration, et lui proposa une courte liste d'autres options acceptables. De toute façon, il avait oublié d'apporter un préservatif, lui dit-il, penaud. Kathy savait ce qu'elle aimait et quand elle l'aimait. Elle n'avait aucune envie d'essayer quelque chose de nouveau, et ça ne changerait pas, ni pendant les trois ans où ils sortirent ensemble, ni après neuf ans de mariage. Elle ne lui parla pas des autres garçons ; et jamais il ne posa de question. Il l'invita à se lover sous son aisselle (qu'elle baptisa le « donjon du rat musqué »), soulagé d'avoir rencontré cette grande fille ravie de tout prendre en charge. Virgil Beckett se sentait à l'aise auprès de Kathleen Lovelace, et, quand tous deux décrochèrent leur licence, il lui offrit une bague, qu'elle accepta. Bien qu'il se soit parfois fait du mouron pour Kathy au fil des ans, Virgil n'avait jamais été, pas une seule fois, inquiet quant à la bonne marche de leur mariage.

« Bon, tu comptes rentrer ou pas ? »

Kathleen fit signe que non.

Virgil mit une main dans l'eau.

« Les gens attrapent la crève pour moins que ça, tu sais, dit-il.

— Je ne crois pas, dit sa femme en écartant quelques mèches mouillées de son cou. Je me sens merveilleusement bien, en fait. Mais si tu as froid, tu devrais rentrer. » Elle agita la tête et sourit. « Je fais juste trempette, c'est tout, dit-elle. Les garçons peuvent me rejoindre s'ils veulent. »

Virgil leva les yeux vers son balcon, où ses fils étaient restés plantés dans leur costume du dimanche. Ils avaient les bras croisés.

« Je vais t'apporter une serviette, dit-il.

— J'ai déjà une serviette », dit Kathleen.

Une serviette bleue était pliée sur l'herbe, à côté de la bâche de la piscine.

La bâche en question était beige et imposante et, maintenant qu'elle était retirée de la surface de la piscine, ressemblait à une tente écroulée. Virgil se demanda comment diable Kathleen avait fait pour l'enlever toute seule. Il se dit que quelqu'un avait dû l'aider.

Cosmo, pensa-t-il.

Kosmas Parousia Jr., un Grec du Delaware, était le propriétaire et le gestionnaire d'Acropolis Place Apartments. Un petit homme aux cheveux noirs et aux joues glabres qui s'aspergeait quotidiennement avec ce que Virgil estimait être de grandes rasades d'après-rasage Clubman Pinaud. Cosmo avait un rire choquant et strident qu'on entendait souvent résonner dans la résidence. Il s'occupait de cette dernière depuis deux ans, à la suite de la mort de son père, et portait un short toute l'année. Virgil apercevait de temps en temps les jambes poilues de Cosmo qui dépassaient de sous la carrosserie d'une voiture et qui donnaient l'impression d'être sectionnées.

En privé, Kathleen l'appelait « le petit troll », mais Virgil l'aimait bien. Cosmo et sa femme avaient deux garçons ayant seulement un an de plus que Nicholas et Nathaniel. Les enfants des Beckett et des Parousia ne s'entendaient pas spécialement bien mais, quand il faisait beau, ils se toléraient, incapables de résister à l'appel du dehors. Cosmo était un bon gérant, attentif aux besoins de ses locataires, et ce matin-là Virgil craignit un instant que leur propriétaire ait aperçu Kathleen dans ce vieux maillot transparent.

« OK, pas de problème », dit-il, et il déposa un baiser sur le sommet du crâne de Kathleen. Il s'éloigna et emprunta l'escalier une seconde fois en lançant à l'adresse des garçons : « Votre mère dit que vous pouvez aller nager avec elle, si vous voulez », puis il se dirigea vers la penderie où sa femme rangeait les serviettes en une pile parfaite, ainsi que divers baumes et lotions soigneusement disposés. De l'écran solaire pour les garçons.

Que ce soit ici, à Newark, ou là-bas, à Pawtucket, Kathleen gardait leur maison immaculée, ce que Virgil appréciait. Ce n'était pas le genre de personne à rester très longtemps sans rien faire. La plupart des romans qu'elle possédait étaient cornés, inachevés.

Virgil prit deux serviettes sur le haut de la pile, retourna sur le balcon et les tendit aux garçons, qui n'avaient pas bougé et regardaient leur mère.

« Rentrez, dit-il. Changez-vous, et après vous irez vous baigner.

— On n'a pas envie, dit Nicholas.

— Votre mère nage, dit-il. Vous devriez y aller vous aussi.

— Pourquoi est-ce qu'elle nage ? dit Nicholas.

— On est en novembre, dit Nathaniel.

— Parce qu'il fait beau. Peu importe, dit Virgil. Allez dehors. Je vais au golf. Si vous ne voulez pas nager, alors sortez au parc.

— On est *déjà* dehors, et on n'a pas envie d'aller au parc », dit Nicholas.

Nathaniel, l'aîné, était grand et calme, avec des cheveux châtain foncé comme sa mère. Bavard et gai quand il était petit, le garçon s'était récemment refermé sur lui-même, laissant Nicholas prendre les choses en main. Mais Virgil savait qu'il entendait et observait tout. Nathaniel était bon élève, et semblait n'aimer qu'une chose : regarder la télé.

Nicholas, quant à lui, était Bitsy Beckett réincarnée. Ses cheveux blonds étaient si clairs qu'ils semblaient blancs. Il était beau mais petit, et vivait mal sa taille. Les profs ne l'aimaient pas, et leurs commentaires contenaient toujours, en délicates cursives, le mot « récalcitrant ». Cet adjectif revenait si souvent que Virgil finit par se dire que les enseignants se le refilaient d'une année sur l'autre. L'autre mot qu'ils utilisaient était « affabulateur ». Nicholas mentait régulièrement, et sans remords. Virgil et Kathleen se disaient qu'il aimait juste raconter des histoires, comme son grand-père, et ils essayèrent de l'expliquer à ses profs, mais il était clair que le verdict appliqué à Nicholas ne datait pas de la veille, et Virgil savait que son benjamin allait en pâtir jusqu'à ce qu'il arrête l'école. Nicholas était également sensible, sujet aux rhumes, aux migraines et autres maux, ce qui le rendait encore plus triste. Parfois, quand Virgil regardait ses deux fils, il se demandait si les atouts n'avaient pas été répartis injustement dans le ventre de leur mère.

Ce matin-là, Virgil fixa durement le benjamin. « Bon, et qu'est-ce que tu veux faire ?

— On veut regarder maman nager, dit Nicholas.

— Très bien, dit-il. Faites ce que vous voulez. »

Le téléphone sonna.

Virgil les laissa sur le balcon et alla décrocher le combiné. Si Kathy consentait à sortir de la piscine, pensa-t-il, il pourrait se détendre et passer un agréable dimanche. Il sentait déjà l'après-midi lui échapper. Il était clair que ça serait le dernier beau jour de la saison, et même s'il n'aimait pas les gens qui exagéraient, il savait que rater la partie de golf aujourd'hui déteindrait sur toute la semaine.

« Beckett, dit une voix. C'est Wooz. On file au green. T'es des nôtres ? Le soleil va pas durer.

— Je vous rejoins », dit Virgil, et il raccrocha.

Il traversa le salon, jeta un coup d'œil par la baie vitrée, vit les garçons déjà installés au bord du balcon, en train de regarder leur mère à l'autre bout de la piscine, qui s'étirait le cou. Ils s'étaient changés, et leurs jambes nues pendaient entre les barreaux de la rambarde. Ils étaient allés également se chercher deux glaces à la cerise.

« Vous devriez manger quelque chose, dit-il. Je vais préparer du thon, puis votre père ira jouer au golf. »

Virgil se rendit dans la cuisine. Il contempla les placards où Kathleen rangeait son vaste assortiment de farines, levures, huiles et gélatines. Il essayait vraiment de ne pas boire trop, mais se gardait un peu de whiskey pour ce genre d'occasions, caché derrière un gros pot de saindoux. Ce matin-là, il ouvrit le placard, prit la bouteille et se servit un petit verre.

En dehors d'un spritz de temps en temps, Kathleen ne s'intéressait pas à l'alcool, et Virgil n'aimait pas boire en sa présence. Du temps de Pawtucket, il aimait s'arrêter au Crooly's Bar en rentrant chez lui le soir, avant le dîner. S'il avait envie de boire davantage, il s'y attardait. Il ne faisait plus ce genre de chose. Trop souvent, Virgil avait bu plus que de raison et s'était mis dans une situation qu'il aurait dû éviter. Il se réveillait toujours avec un léger sentiment de culpabilité. Ça passait.

Virgil n'était amoureux d'aucune des filles qui fréquentaient le bar, mais l'une d'elles avait fini par lui tourner la tête dangereusement. Son vrai nom était Imogene Monson, mais au Crooly's elle se faisait appeler « Little Mo ». Une petite rousse qui servait les cocktails, avec des jambes de fée Clochette. Les hommes la harcelaient constamment, parlaient ouvertement de la couleur de ses poils pubiens, ce qui choquait Virgil, jusqu'à ce qu'il comprenne que c'était un jeu : ils feignaient en fait de s'intéresser à elle, et elle feignait d'être en colère contre eux. Ils lui laissaient toujours de généreux pourboires.

Virgil se disait que Little Mo pourrait être mannequin ou quelque chose de ce genre si quelqu'un tombait un jour sur elle dans ce bar miteux de Pawtucket, et un soir, en avril dernier, après des mois passés à flirter, c'est ce qu'il lui dit avant qu'ils couchent ensemble sur le vieux canapé en cuir de l'arrière-salle du Crooly's.

En regardant la taille étroite et laiteuse d'Imogene Monson, Virgil Beckett n'avait pas prévu d'apprécier autant la vision du fameux pubis couleur feu s'activer sur lui. Elle lui massait les épaules avec ses petites mains et murmurait sans cesse à son oreille, l'appelant « Charlie » parce qu'il mettait toujours « Confirmation », le morceau be-bop de Charlie Parker, sur le juke-box.

Le lendemain matin, il s'était réveillé aux côtés de Kathleen avec la migraine, en pensant ardemment à Little Mo. Alors qu'il déjeunait à son bureau, il trouva un petit mot qu'elle avait glissé dans sa poche de manteau, *Ne m'oublie pas Charlie xoxo – M.O.*, et Virgil aima la faute qu'elle avait faite en signant le petit mot, comme si son surnom était des initiales. Mais à la fin de la journée, quand il s'aperçut qu'il pensait toujours à elle, il comprit qu'il devait, comme dirait son père, « tuer la situation dans l'œuf ». Après le travail, il se rendit directement au Crooly's, prit Little Mo par la nuque, l'emmena dans l'arrière-salle et la fit asseoir sur le divan. Il passa un bras autour de ses épaules tout en lui expliquant qu'il était désolé, mais qu'il ne la reverrait pas. Il lui tint les mains tandis qu'elle pleurait. Après ça, il se promit en rentrant chez lui qu'à partir de maintenant les choses allaient changer. Il n'irait plus au Crooly's et serait plus proche de Kathleen.

Ce fut plus facile qu'il ne l'avait pensé. Sa femme remarqua-t-elle qu'il s'était ressaisi ? Elle n'en parla jamais, mais parut heureuse. Les garçons paraissaient heureux. Il finit par démissionner, ils vendirent la maison et quittèrent Pawtucket. Ils revinrent à Newark, Delaware, où tous deux avaient fait leurs études.

C'est Virgil qui eut l'idée d'aller à l'église en famille tous les dimanches. C'est ce que faisaient les gens. Il dînait chez lui tous les soirs maintenant, tous les quatre assis à la petite table de la cuisine, car il n'y avait pas vraiment de salle à manger dans l'appartement d'Acropolis Place.

2

HUIT SEMAINES, aurait dit Kathleen Beckett. Elle en était à peu près à la huitième semaine, et d'après ce qu'elle avait appris au cours de ses deux précédentes grossesses, tout se passait on ne peut plus normalement.

On était un dimanche de novembre. Un temps chaud pour la saison.

Kathleen resta au lit jusqu'à ce qu'elle entende Virgil sortir avec les garçons, monter dans la Bluebird, puis elle se leva lentement, attendit que la nausée réchauffe son corps et courut à la salle de bains pour vomir.

Ils étaient mariés depuis neuf ans et se fréquentaient depuis la fac, mais ce n'est que six mois plus tôt, quand ils s'étaient réinstallés dans le Delaware, que Virgil avait annoncé qu'il voulait aller à l'église. Un soir de fin avril, son mari était rentré du boulot comme d'habitude, avait pris une longue douche, et quand il avait émergé en se frottant la tête avec une serviette, il avait déclaré qu'il ne raterait plus le dîner. Et qu'ils devraient aller à l'église.

Moins d'une semaine plus tard, il démissionnait. Tout ce qu'il dit à Kathleen, c'est qu'il était temps de changer.

Et qu'ils allaient peut-être devoir quitter Pawtucket. Et qu'est-ce qu'elle en pensait, elle ?

Kathleen, quant à elle, était tout excitée. Ça ne la gênerait pas le moins du monde de quitter Rhode Island, dit-elle. Ils avaient vécu dans la maison jaune de Bench Street presque dix ans, depuis 1948, mais les garçons étaient grands maintenant. Elle comprenait le désir de changement de Virgil, et ça lui faisait plaisir, mais elle trouva son souhait soudain d'aller à l'église franchement… bizarre. Jusqu'ici, tout ce que son mari aimait faire, c'était jouer au golf, traîner à la maison en écoutant du be-bop ou du jazz. Charlie Parker en particulier, même s'il en aimait d'autres dont Kathleen oubliait toujours les noms : Sonny Rollins, Thelonious Monk, Dizzy Gillespie, Stan Getz. Kathleen savait toujours quand Virgil était rentré du boulot : un de ses disques commençait à tourner dès qu'il franchissait la porte.

Son mari était un beau gosse amène, originaire de Monterey, Californie. Il avait vu un jour Charlie Parker se produire à Monterey, et il avait été question un moment qu'il se mette au saxo, mais c'était resté sans suite, aussi ce fut surtout cette décision irrévocable d'aller à l'église qui surprit Kathleen.

Ils se rendirent à l'église le premier dimanche de leur arrivée à Newark.

Ils avaient choisi l'église presbytérienne de Wilmington, même si elle n'était pas franchement à côté. Virgil l'appréciait parce qu'elle était énorme, du néogothique en pierre avec un toit à pignon très pentu, des fenêtres à lancettes avec vitraux, et des arcs-boutants en granit qui lui rappelaient une cathédrale qu'il avait vue un jour en Italie.

Kathleen n'en pensait rien de spécial ; c'était l'église qu'elle avait fréquentée enfant. L'édifice était beau, Kathleen le reconnaissait, mais d'une façon sévère et démodée. Les bancs étaient encore bordés de velours rouge. Des lambris en bois blanc aux finitions dorées montaient vers une chaire dorée et tape-à-l'œil d'où s'exprimait le révérend Andrew Underhill.

Kathleen ne le connaissait pas. Le « révérend Andy », qui se présentait ainsi aux dames, était jeune et potelé comme un libertin – bien trop gras pour quelqu'un d'aussi jeune, trouvait Kathleen –, et sa voix était si douce qu'on aurait cru qu'il l'avait volée. Il avait remplacé le révérend Wallis quelques années plus tôt, un prêtre que Kathleen et ses parents avaient connu et apprécié. Le révérend Andrew Underhill avait un faible pour l'Épître aux Éphésiens, et il en lisait si souvent des passages que Kathleen se demandait si quelque chose ne clochait pas chez lui.

« "Marchez dans l'amour, disait-il calmement chaque dimanche, comme le Christ nous a aimés et s'est livré lui-même pour nous comme offrande parfumée en sacrifice à Dieu." »

Chaque fois que Kathleen lui serrait la main après le service, elle constatait qu'il se limait les ongles. Ça ne faisait que six mois qu'ils assistaient à son service, mais le révérend Andy avait déjà rendu visite plusieurs fois à Kathleen, dans l'espoir d'être invité à dîner.

Je serais révérend, pensait-elle souvent, *s'il y avait quelqu'un pour me faire à dîner tous les soirs.*

Ce matin-là, Kathleen sortit de la salle de bains et commença à faire le ménage. Ça ne lui prit guère de temps. Leur appartement, le 14B, était plus petit que leur maison de Pawtucket, et provisoire. La plupart de leurs affaires étaient encore entassées dans des cartons en bas, dans le garde-meuble d'Acropolis Place. Au début, Virgil avait déclaré qu'ils ne loueraient l'appartement qu'un mois, pendant qu'ils chercheraient une maison proche de son nouveau boulot à Wilmington, mais le mois s'était vite changé en trois mois. Puis en six. « D'ici novembre, au plus tard », avait-il dit, et maintenant Virgil pensait Noël. Voire plus tard.

Kathleen fit les lits. Elle rassembla les vêtements que les garçons avaient laissés sur le sol de la chambre qu'ils partageaient, et se rendit dans la cuisine. Quand elle découvrit que Virgil avait laissé des œufs brouillés dans la poêle, elle ne put s'empêcher de vomir, deux fois, dans l'évier de la cuisine. Après ça, son menton posé sur son poignet le temps de reprendre son souffle, elle tourna le robinet, à fond. Elle nettoya tout. Puis elle se rappela que Virgil planquait une bouteille de quelque chose derrière le pot de saindoux dans le placard. Elle déplaça le pot avec le soldat révolutionnaire dessiné dessus et la trouva.

Kathleen dévissa le bouchon et s'enfila une rasade de whiskey, ce qui lui fit du bien. Après ce qu'elle avait vécu avec Nicholas et Nathaniel, elle savait qu'une petite dose d'alcool était bénéfique, en particulier les jours où elle se sentait bizarre.

Le téléphone sonna.

Kathleen prit quelques instants pour se ressaisir, puis alla répondre. Quand elle comprit qui était au bout de la ligne, elle expulsa tout l'air par le nez.

« Bonjour, Mr Beckett. Comment allez-vous ? » dit-elle, et elle regarda l'heure à l'horloge de la cuisine. Il était six heures et demie du matin là-bas. Pour Colson « Coke » Beckett, il était six heures et demie du matin partout dans le monde.

« Je cherche mon fils », dit le père de Virgil.

Quand Kathleen avait fait la connaissance de Colson Beckett le jour de son mariage, elle avait aussitôt compris de qui tenait son futur époux. Le visage de Coke ressemblait à un vieux gant de base-ball. Kathleen n'arrivait pas à distinguer les rides des cicatrices. Ses cheveux, que, par miracle, il n'avait pas perdus, se dressaient sur sa tête en une gerbe blanche, et il arborait une barbe drue du même blanc qu'il n'entretenait jamais, selon Virgil, et qui n'avait jamais poussé davantage. Quand Virgil l'informa que son père n'avait que cinquante-deux ans, Kathleen fut abasourdie. Ses dents étaient couleur moutarde, et sa voix craquelait de glaires. L'homme fumait en permanence. Cet été-là, quand Virgil et elle virent *Le Trésor de la Sierra Madre* au cinéma, ils rirent aux larmes en constatant que Coke ressemblait au vieux chercheur d'or.

En juillet dernier, juste après qu'ils s'étaient installés dans le nouvel appartement, Coke avait téléphoné pour dire qu'il ne se sentait pas bien – quelque chose à la poitrine, dit Virgil, or se plaindre n'était pas son genre. Irenie, la sœur cadette de Virgil, avait fini par épouser une sorte de machiniste de l'Oregon, et Virgil était inquiet de savoir Coke tout seul. Aussi, début août, juste après avoir quitté Rhode Island pour le Delaware, toute la famille traversa le pays pour aller rendre visite à Coke.

Ils roulèrent pendant deux longues et chaudes semaines dans leur Buick Bluebird flambant neuve jusqu'à Big Sur,

Californie, et logèrent dans le cabanon en bardeaux dans les montagnes où Coke vivait à présent.

À leur arrivée, Kathleen constata que le père de Virgil, âgé à présent de soixante et un ans, était en pleine forme. Il avait juste envie de compagnie. Pendant des heures, alors même que le soleil brillait et que la journée était magnifique, et que ni Kathleen ni les garçons n'avaient jamais été en Californie, Coke insistait pour qu'ils restent tous dans le petit salon enfumé du cabanon, où il leur racontait des histoires sur ce qui s'était passé pendant la Grande Guerre (il eut au moins la décence d'attendre que les garçons dorment pour faire les récits les plus macabres, pensa Kathleen). Quand il ne parlait pas de la guerre, Coke reprochait à Kathleen de vouloir faire le ménage ou il parlait de son expérience dans le monde du cinéma à Hollywood – comment, alors qu'il buvait une Pabst dans un bar, il avait été aussitôt repéré par un réalisateur pour jouer dans un film intitulé *The Dubious Few*, que ni Kathleen ni Virgil n'avaient jamais vu.

Il jouait un cow-boy, dit-il, juché sur un cheval, avec un chapeau à large bord. Son rôle consistait à houspiller le personnage principal, et il avait une seule réplique qui changeait à chaque fois que Coke la disait : « Ça se présente mal, Mr Jephson ! » ou « Gaffe, Mr Jephson ! » ou « Quelqu'un vous cherche des ennuis, Jephson ! » ou « Votre nom est gravé sur une de leurs balles, Jephson ! ».

Coke Beckett décrivait les nombreux poissons qu'il avait pêchés, « des truites arc-en-ciel, fraîchement sorties de la Big Sur River », ou d'énormes rascasses de mer et des juliennes « juste ici, au bord de la plage ». Dans une boîte en fer-blanc, sur une étagère, au-dessus d'une bassine métallique bricolée qui servait d'évier de cuisine, à côté d'un vase contenant des œillets d'Inde fanés, Coke conservait quelques jades naturels qu'il disait avoir trouvés dans les grottes de Big Sur, près de la source.

Il dit aux garçons que c'était la fortune qu'ils hériteraient à sa mort.

Kathleen et Virgil avaient prévu de rester trois semaines, mais les garçons durent camper dehors, et Coke fumait dès le lever du jour et ce jusqu'au coucher. Finalement, ils tinrent à peine neuf jours avant de charger la Bluebird et de refaire le long trajet vers l'est jusque chez eux.

« Il est à l'église avec les garçons, Mr Beckett, dit Kathleen. Que puis-je pour vous ? Comment allez-vous ? »

Il y eut un bruit de papiers déplacés à l'autre bout de la ligne, et Kathleen l'entendit gratter une allumette.

« Vous ne pouvez rien, dit-il. Je dois parler de choses sérieuses avec Virgil. Dites-lui de m'appeler dès qu'il sera rentré.

— Je n'y manquerai pas. Ravie d'avoir eu de vos nouvelles », dit Kathleen.

Il raccrocha.

Kathleen savait que Colson Beckett ne disait jamais au revoir au téléphone. Les appels émis depuis la Californie étaient trop coûteux pour se permettre des au revoir, et Virgil avait depuis longtemps demandé à Kathleen de ne pas se formaliser. Plus d'une fois, Virgil était en train de parler quand son père décidait qu'il avait assez dépensé, et se contentait de lui raccrocher au nez.

Kathleen reposa le combiné sur sa fourche. Elle sécha et rangea la vaisselle, essuya l'évier et les plans de travail, et en profita pour nettoyer la fenêtre de la cuisine. Puis elle sortit de l'appartement, se rendit en bas dans la buanderie, et revint avec les vêtements qu'elle avait laissés cette nuit dans le sèche-linge commun d'Acropolis Place. Tout en pliant le linge, elle alluma une cigarette et mit en route le petit transistor portatif qu'elle avait installé dans la cuisine. Elle écouta la moitié d'une chanson d'Elvis.

Le vendredi, Virgil et elle avaient prévu de se rendre à Wilmington pour voir *Le Rock du bagne* au Queen Theater. Kathleen n'aimait pas Elvis, elle trouvait que son visage ressemblait à du cheddar, mais Judy Tyler jouait dans le film, et ils l'avaient vue cet été dans *Bop Girl Goes Calypso*. C'était un film stupide, mais Virgil l'aimait bien, et après la projection, en retournant à la voiture, il lui avait dit tout bas à l'oreille qu'elle ressemblait à Judy Tyler, et il l'avait embrassée sur la joue.

Le lendemain, elle avait lu dans un magazine féminin que Judy Tyler était morte dans un accident de voiture dans le Wyoming.

Les parents de Kathleen étaient morts il y a longtemps, de deux cancers différents. Son père, Walter Lovelace, avait été capitaine de corvette dans la marine. Il aimait le base-ball et faisait un peu de boxe. Il collectionnait les trains électriques, et en installait un à chaque Noël au pied d'un arbre autour duquel il décrivait un large cercle. Les compartiments étaient remplis de minuscules hommes d'affaires avec de minuscules cadeaux posés sur leurs genoux. La locomotive, que Kathleen n'avait pas le droit de toucher, possédait un phare qui fonctionnait et elle faisait de la vapeur avec du liquide fumigène.

Ruth, la mère de Kathleen, adorait danser. Elle était originaire de Philadelphie, où son père enseignait à l'école de commerce Wharton. Ils s'étaient connus lors d'une réception donnée pour les officiers de réserve en formation, où Walter recevait une citation navale et s'apprêtait à intégrer l'université. Faisant fi des dix années qui les séparaient, et sous la pression de leurs parents, ils se marièrent et, en 1920, Ruth s'installa avec Walter dans sa maison de famille, une demeure située sur les hauteurs de Wilmington, Delaware. Avant la naissance de Kathleen, Ruth donnait des cours de danse le soir à l'école élémentaire. Elle apprit à Kathleen à danser la valse dans leur cuisine.

Ruth et Walter Lovelace étaient généreux à défaut d'être affectueux. Kathleen n'avait ni frère ni sœur. Chaque fois qu'elle s'en plaignait à sa mère, Ruth lui disait sèchement de ne plus *aborder la chose*. Son père avait simplement attendu de voir quel genre d'enfant elle serait avant d'envisager d'en avoir un autre, disait sa mère, et très jeune Kathleen avait montré un caractère affable et obéissant, aussi ses parents s'étaient-ils arrêtés à un. Si elle avait été difficile, lui dit Ruth, ils en auraient eu un autre pour pallier cette épreuve et, par conséquent, Kathleen avait souvent été seule quand elle était petite, sans jamais vraiment savoir si elle était faite pour ça. La maison était trop grande pour trois personnes. Kathleen errait de pièce en pièce, à la recherche de quelqu'un qu'elle n'avait encore jamais vu. Elle jouait parfois avec les enfants des voisins qui passaient l'été à Wilmington, mais Kathleen était grande, et sa taille la distinguait. Dans l'ensemble, les autres filles la harcelaient ou l'ennuyaient, aussi passait-elle l'essentiel de son temps dans une petite alcôve du salon, ou allongée sur le ventre à faire ses devoirs, lire ou dessiner.

Kathleen avait envie plus que tout d'un frère ou d'une sœur quand Ruth et Walter se disputaient. Les disputes de ses parents étaient fréquentes et violentes. Elle savait qu'ils s'aimaient à leur façon, et Kathleen ne leur en voulait pas ni ne pensait qu'ils se disputaient plus que n'importe quels autres parents. Mais un soir, les cris furent si horribles qu'elle ouvrit la fenêtre de sa chambre, se hissa sur le toit et resta là plusieurs heures, jusqu'à ce que ses parents remarquent son absence. Elle décida que si jamais elle se mariait un jour – et elle en doutait fort –, ce ne pourrait être qu'avec quelqu'un qui détestait les conflits autant qu'elle.

Il en alla ainsi jusqu'à ses seize ans, quand tout changea subitement.

Elle fréquentait Tower Hill, l'école du quartier, quand, en rentrant chez elle une après-midi, Kathleen passa devant un groupe de femmes vêtues de jupes blanches. Des raquettes de tennis étaient posées sur leurs épaules comme des fusils. Kathleen leur demanda qui elles étaient, et elles répondirent qu'elles étaient étudiantes au lycée pour femmes du Delaware. Une équipe.

Pendant le dîner, Kathleen annonça à ses parents qu'elle voulait jouer au tennis. Et qu'elle allait s'inscrire au lycée pour femmes du Delaware. La semaine suivante, quand elle revint chez elle après les cours, elle monta dans sa chambre et trouva sur son lit un cadeau de son père : une Dunlop Gold Wing en bois flambant neuve avec un cœur bleu-vert, deux ailes dorées sous le pont, et un long manche en caoutchouc noir. Ruth et Walter Lovelace ne virent plus guère leur fille après ça.

Elle passait désormais tout son temps sur les courts.

L'été qui précéda son année de première au lycée, elle tomba sur une publicité pour des cours de tennis, accompagnée d'un numéro de téléphone local. Dans un geste que Kathleen trouva inhabituellement bienveillant, ses parents contactèrent et engagèrent un étudiant étranger, Billy Blasko, pour qu'il apprenne à Kathleen Lovelace à jouer au tennis.

Son vrai nom, ainsi qu'elle l'apprendrait, était Viliam Blaško, et il venait d'une famille juive du sud de la Tchécoslovaquie, qui vivait dans une petite ville frontière située au bord du Danube, qui s'enorgueillissait de posséder un pont bombardé pendant la Seconde Guerre mondiale puis reconstruit. Quand les autres familles eurent vent de la démarche des Lovelace, elles inscrivirent elles aussi leurs filles. Les gens dirent que c'était une façon d'aider le jeune homme et sa famille, et c'est ainsi qu'au début du mois de juillet 1942 Billy Blasko put s'assurer un revenu correct pour financer ses études d'anglais et de biologie, grâce à la troupe d'adolescentes qui déboulèrent sur le court avec un béguin prononcé pour l'ambassadeur du tennis tchèque. Il avait vingt et un ans.

Le premier jour, Billy distribua de simples bâtons en métal pour s'entraîner, du genre de ceux que les filles faisaient tourner lors des défilés du 4 Juillet.

« À quoi ça sert, ces trucs ? » demanda Kathleen.

Billy haussa les épaules et ne sourit pas. (Kathleen découvrirait qu'il ne souriait jamais.)

« D'abord, vous tapez avec bâton, dit-il. Puis raquette. »

Kathleen glissa sa Dunlop Gold Wing sous son bras et alluma une cigarette. Elle le reprit : « *Le* bâton, dit-elle. *La* raquette. »

Elle ignorait à quoi pensaient les autres filles. Largement adulte vu son âge, Billy avait une tête de plus que Kathleen et des yeux marron et ronds enfoncés dans leurs orbites, prolongés par les cils les plus longs qu'elle ait jamais vus chez un homme. Ses sourcils, épais et anguleux, ressemblaient à des chenilles tordues. Des cheveux châtains et bouclés tombaient sur son front, et il portait un short blanc remonté au-dessus de la taille comme celui d'une femme.

Pendant que les autres filles faisaient tourner leur bâton en flirtant avec Billy, il leur répétait sans cesse « *Dobry* », ce qui signifiait « bien ». Tout était *doh-bree* avec Billy et les filles, mais Kathleen voulait apprendre à jouer au tennis et faillit partir à la fin de la première semaine.

Le fait est que ce fut inutile. Deux filles se lassèrent des bâtons et partirent. Les deux autres décidèrent de s'inscrire à un stage de natation. Il ne resta que Billy et Kathleen.

Dès qu'ils furent seuls, l'anglais de Billy s'améliora. Il lui dit qu'il était heureux qu'il n'y ait plus qu'eux deux parce qu'il avait su en la voyant avec sa Dunlop Gold Wing qu'elle était sérieuse, et différente des autres filles. Son père, dit-il, était Petr Blaško, le célèbre champion de tennis tchèque qui avait participé aux Jeux olympiques de 1908 à Londres, et Billy n'avait pas envie de gâcher les leçons de son père avec des gens pas sérieux. Il n'avait même pas besoin de gagner autant. Ses parents avaient eu l'intelligence d'envoyer presque tout leur argent avec lui aux États-Unis en 1937, mais sa famille, dit-il à Kathleen, était désormais coincée en Europe. Il ne savait pas trop où elle se trouvait. Il dit qu'il ne voulait pas y penser car ça le rendait triste. Il voulait juste jouer au tennis.

Quand il lui dit tout ça, Kathleen s'adoucit à son égard, et chaque après-midi de juillet ils se retrouvèrent sur les courts de tennis de Tower Hill, derrière le complexe sportif du lycée.

Pour commencer, dit Billy, Kathleen devait apprendre la géographie du jeu. Il fallait qu'elle comprenne « le rectangle », dit-il, et il lâcha un mot fou et imprononçable : le « *obdĺžnik* ». Chaque jour avant la leçon, ils parcouraient ensemble la longueur du terrain, et Kathleen était impressionnée de voir Billy aller d'une ligne de fond à l'autre les yeux fermés, en comptant ses pas, et au bout de quelques jours elle découvrit qu'elle pouvait le faire également sans même compter ses pas. Elle mémorisa la position du filet, la ligne de service, les côtés de service gauche et droit, le couloir, jusqu'à ce qu'elle les trouve à l'aveugle. « Tout le monde croit que tennis, c'est frapper, dit Billy. En fait, c'est question de *póza*. Comment se tenir, comment bouger. Tu dois savoir où tu es tout le temps. »

Kathleen dut complètement réapprendre à avancer, marcher et courir, et Billy lui montra des déplacements qui lui rappelèrent le fox-trot de sa mère.

Le tennis, reconnut Billy, était exactement comme une sorte de danse.

Quand vint enfin le moment d'apprendre à frapper, Billy lui montra le service, l'approche. La volée, la demi-volée. Il y avait le coup droit, le revers, le revers coupé, le chopé, le slicé, le lifté, et le préféré de Kathleen, le smash. À la fin du mois, quand Billy annonça qu'elle était *dobry*, elle sut qu'il était sincère.

Tandis que Kathleen repensait à cette après-midi, en pliant le linge dans le salon du 14B tout en écoutant Elvis chanter, une odeur de terre chaude monta du sol et parvint jusqu'à elle. Les cris des joueurs de basket qui lançaient leur ballon résonnaient depuis les terrains voisins. Une voiture passa, une ou deux fois, mais c'est tout ce dont elle se souvenait avant que Billy murmure « Katarina » et glisse ses doigts le long de son bras jusqu'à ce qu'ils se tiennent par la main. Il l'entraîna derrière le lycée au milieu d'un champ envahi par les herbes où, en automne, les filles pratiquaient le hockey sur gazon et où ils se retrouvèrent chaque après-midi tout l'été durant, après quoi Billy retourna finir ses études à la fac du Delaware et Kathleen entra en première au lycée.

Deux ans plus tard, quand Kathleen s'inscrivit elle aussi à la même fac et rencontra Virgil Beckett, elle n'avait aucune raison de ne pas lui parler de Billy Blasko ; et aucune raison particulière de lui en parler. Virgil ne posa jamais de question.

Kathleen finit de plier les vêtements des garçons, et le téléphone sonna de nouveau. Elle se précipita pour décrocher.

« Résidence Beckett, dit-elle.

— Salut, dit une femme.

— Qui est à l'appareil, je vous prie ? demanda Kathleen.

— Faut voir, dit la femme, qui eut alors un hoquet. Ça dépend. »

Kathleen coinça le combiné contre son épaule et s'adossa au mur.

En avril dernier, juste avant que Virgil annonce qu'il ne raterait plus le dîner, il était rentré très tard à la maison un soir. C'était un mercredi, dans son souvenir. Il n'était pas rare que Virgil rentre soûl le mercredi – son mari sortait picoler le mercredi et le jeudi pour tenir jusqu'à la fin de la semaine – mais, cette fois-ci, il était revenu dans un état particulièrement inquiétant. Kathleen avait eu du mal à croire qu'il était rentré en voiture, mais il était là, à moitié endormi contre la porte d'entrée, ses vêtements en désordre et ses cheveux en bataille. Il s'était laissé glisser le long du mur du salon et lui avait adressé un horrible sourire. Kathleen fut contente que les garçons soient couchés. « Virgil, avait-elle dit. Mon Dieu, regarde-toi. Est-ce que ça va ? »

Virgil avait roulé des yeux et s'était moqué d'elle. « *Est-ce que ça va ?* » avait-il répété.

Son mari ne s'était jamais énervé contre elle avant, pas vraiment, et jamais quand il avait bu. Le vin et la bière rendaient en général Virgil doux et las. Elle l'avait mis au lit, et le lendemain matin, quand elle lui avait raconté ce qu'il avait dit, il ne s'en était pas souvenu. « Oh, Kath, avait-il dit en riant. Bon sang, je suis désolé. Je n'aurais vraiment pas dû boire autant. »

Dès que Kathleen entendit la voix de femme au téléphone, elle repensa à Virgil se laissant glisser au bas du mur.

« Qui êtes-vous ? demanda-t-elle.

— Charlie l'a reçu ? dit la femme.

— Pardon ? dit Kathleen. Qui ça ?

— Demandez-lui ! Il l'a reçu ?

— Je pense que vous vous trompez de numéro », dit Kathleen.

La femme raccrocha.

Kathleen reposa le combiné sur la fourche et regarda par la baie vitrée le soleil qui apparaissait en nimbant d'ocre le balcon blanc. Elle suivit son lever.

La résidence d'Acropolis Place avait la forme d'un pentagone. Chaque angle du bâtiment recevait une égale proportion d'ombre et de lumière, s'aperçut Kathleen. Elle contempla l'eau bleue qui brillait en contrebas. Quelqu'un avait retiré la bâche qui couvrait la piscine commune. Un étroit sentier en ciment l'entourait, et le reste de la cour disparaissait sous les herbes sèches. La surface plate de l'eau scintillait.

Cosmo, pensa-t-elle, et leur proprio grec et poilu aux jambes courtaudes surgit dans l'esprit de Kathleen Beckett qui s'aperçut alors qu'elle était en nage.

3

VIRGIL VIDA SON VERRE DE WHISKEY et remit la bouteille à sa place derrière le pot de saindoux, puis prépara son sac pour l'après-midi : chaussures de golf, pantalon et chemise de rechange. Plus la paire de chaussettes noires en soie que Kathleen lui avait offerte à son dernier anniversaire. Il alla chercher dans la salle de bains son déodorant et prit son peigne au passage. Ayant désormais la trentaine, Virgil appréciait d'avoir encore tous ses cheveux, d'un blond clair. Il les admira en passant dedans le vieux peigne pliant qui avait appartenu à son père. Il était en vrai corne de bison.

Quand les gens disaient à Virgil qu'ils trouvaient que Coke Beckett était quelqu'un de froid, ce qui s'était produit assez souvent quand il était jeune, il se contentait de hausser les épaules : le mari de Bitsy était une des rares personnes à Monterey à n'avoir pas pâti de la Dépression. Coke avait bâti des écoles et coulé du macadam. Il donnait un cours de survie au Presidio pour des unités d'artilleurs dont l'intitulé était « Techniques médicales atypiques d'urgence sur le terrain », et aidait même le médecin de Monterey quand il le pouvait. Il racontait une anecdote sur un pêcheur d'ormeaux japonais qui avait été contraint de se couper un doigt quand il s'était retrouvé coincé dans les bas-fonds. Coke le lui avait recousu. Le père de Virgil était un vétéran de la Première Guerre mondiale et avait bombardé des ponts et des routes lors des batailles du Soissonnais et de Château-Thierry. Il avait joué le rôle d'un cow-boy dans un vrai film hollywoodien, *The Dubious Few*, et, guère fortuné, avait élevé Virgil et ses trois sœurs avec Bitsy jusqu'à ce qu'elle traverse la route devant un bus.

Qu'attendre de plus d'un homme ?

Virgil était fier de son père, mais ce n'est que lorsque Virgil revint de Naples que Coke se montra fier son fils. « Combien ? » demanda son père, et Virgil lui dit qu'il en avait tué deux, deux nazis, et son père fut satisfait par sa réponse. Virgil avait pensé dire trois ou quatre, mais il savait que Coke ne croirait pas qu'il ait pu en tuer plus que deux, et serait déçu s'il disait juste un. Ainsi, Virgil n'eut jamais honte d'avoir menti, et Coke n'avait jamais remis en question ses propos.

Son père ne pouvait pas savoir qu'il n'était jamais arrivé jusqu'en France, et que Naples avait déjà été libérée depuis huit mois quand Virgil était arrivé. La seule violence qu'il avait vue était celle des Napolitaines exprimant leur tristesse et leur pauvreté. En mars, deux mois avant d'arriver là-bas, le Vésuve était entré en éruption, déposant trente centimètres de cendres sur des maisons déjà en ruine.

Virgil jeta le peigne dans son sac et alla ouvrir la penderie du salon, où il rangeait ses fers. Le sac de golf, en cuir et métal, pesait douze kilos. Il le passa sur son épaule, mit son sac d'habits sur l'autre, et quitta le 14B. Il descendit une fois de plus l'escalier, s'approcha de la piscine où Kathleen regardait les ongles vernis de ses orteils remuer sous l'eau.

« Je vais au golf, dit-il.

— Bonne idée », dit sa femme.

Virgil remarqua que Kathleen avait posé son cendrier University of Delaware et leur transistor au bord de la piscine. On entendait derrière elle le débit *staccato* d'un présentateur.

« Il se passe quoi ? demanda-t-il.

— Les Russes en ont envoyé un autre, dit-elle.

— Quel autre ?

— *Spoutnik 2* », dit Kathleen.

Mr et Mrs Beckett regardèrent tous deux le ciel.

Il n'y avait aucun nuage. Un mois plus tôt, les habitants d'Acropolis Place s'étaient tenus sur leurs balcons pour regarder les étoiles, certains avec des jumelles, pour essayer de voir le premier satellite russe traverser les cieux. Un mois, seulement ? Au cours des semaines qui suivirent, Virgil veilla à ce que les enfants n'écoutent pas les infos, même s'il ne pouvait contrôler ce qu'ils entendaient à l'école. Il ignorait ce qu'en pensait Kathleen, mais personnellement il trouvait que c'était beaucoup de bruit pour rien, et il supposait que Kathleen pensait comme lui. Eisenhower lui-même avait minimisé la chose : « Ils ont envoyé un petit ballon dans l'air », déclara le président à la radio. Les États-Unis n'étaient pas menacés.

« Ils ont envoyé une chienne cette fois-ci », dit Kathleen.

Virgil la regarda. « Une chienne ?

— Les gens l'appellent "Muttnik". Je trouve ça horrible. Qui peut faire une chose pareille ? Envoyer un adorable petit chien mourir là-bas. »

Virgil ne sut pas quoi dire.

« La chienne ne mourra pas, dit-il enfin. Ils ont prévu son retour. J'en suis sûr. Je ne m'en ferais pas, si j'étais toi. »

Kathleen s'écarta du bord et s'éloigna jusqu'au centre de la piscine.

« Kathy », dit-il.

Sa femme lui envoya des gouttes et sourit. « Ça va. Je me sens nettement mieux maintenant que je suis dans la piscine. Il fait plus frais ici. La chaleur est horrible, tu ne trouves pas ? »

Elle prit une profonde inspiration et disparut sous la surface de l'eau.

« Est-ce que tout va bien ? » s'écria quelqu'un.

Mrs Donovan, la vieille dame qui habitait seule au 3C, était apparue tel un petit fantôme sur son balcon. Tous les dimanches, Virgil et Kathleen apportaient à Mrs Donovan son dîner. Ils n'avaient encore jamais fait ce genre de chose à Pawtucket, aider un voisin, mais, sur la requête du révérend Andy, ils aidaient à présent Mrs Donovan. La plupart des occupants d'Acropolis Place, comme ils le découvrirent en emménageant, étaient des personnes âgées.

« Tout va bien, Mrs Donovan, cria Virgil. Tout va bien. Tout se passe bien ici. Kathy fait trempette, c'est tout. Vous pouvez rentrer. »

Deux autres voisins aux cheveux blancs flottaient sur leurs balcons. Virgil ne les connaissait pas.

« Elle va attraper la mort », cria l'un d'eux.

Virgil eut soudain l'impression d'être dans un film.

« Ne vous en faites pas, répondit-il. Elle fait juste trempette. Il fait chaud aujourd'hui, vous ne trouvez pas ? Il doit faire plus de vingt degrés. Peut-être vingt-cinq.

— Mais on est en *novembre*, dit Mrs Donovan. Le temps est détraqué. »

Kathleen était encore sous l'eau.

Ses collègues avaient parlé d'*épisodes* chez leurs épouses, et Virgil se demanda avec inquiétude s'il n'était pas en train d'assister à une chose de ce genre. Un vrai épisode. Dans tous les cas, la raison qu'avait Kathleen d'être dans la piscine ne regardait que lui, pensa-t-il, et il fit signe à Mrs Donovan de rentrer dans son salon, ce qu'elle finit par faire, à contrecœur.

Mais Virgil vit qu'elle continuait de les observer derrière ses rideaux.

À ses pieds, des feuilles mortes rouges et orange glissèrent jusque dans la piscine, dispersant la lumière. Sa femme semblait s'être assise au fond du bassin, ses genoux serrés contre sa poitrine. Son corps, rond et mobile, eut soudain un sursaut, puis, en expirant, Kathleen perça la surface.

« C'est bon ? dit Virgil. Tu t'es assez rafraîchie comme ça ?

— Je vais rester encore un peu », dit-elle.

Virgil tira sans s'en rendre compte sur les manches de sa chemise. Non loin de là, un autre vol d'oies du Canada klaxonna.

« Écoute, Kath, faut que j'y aille. Qui va s'occuper des garçons ? »

Kathleen regarda leurs deux fils perchés sur le balcon du 14B. « Je les surveille, ils ont l'air d'aller très bien, dit-elle. On va tous très bien. »

Virgil se redressa, ajusta la courroie de son sac de golf. Ce n'est pas qu'il ne faisait pas confiance à Kathleen – il n'y avait jamais eu d'incident l'empêchant de lui faire confiance – mais un jour, dans leur maison de Pawtucket, quelques mois après la naissance de Nathaniel, il était rentré chez lui et avait trouvé Kathleen dans la baignoire pendant que le bébé hurlait dans la pièce d'à côté. « Bon sang, Kathleen ! avait-il crié. Tu ne l'entends pas ? Qu'est-ce que tu fiches ici ? »

Sa femme ne lui avait pas répondu. Elle avait sorti une jambe de l'eau, tourné le robinet avec son pied couvert de savon, et l'avait regardé d'un air innocent. « Quoi ? » avait-elle dit.

Virgil avait mis une main dans la baignoire et ôté la bonde. L'eau du bain était glacée.

Ce jour-là, il avait appelé la Californie et interrogé son père sur l'incident, mais ce dernier n'avait pas eu l'air de trouver que quelque chose clochait.

Coke Beckett avait pris des douches froides tous les matins de sa vie.

« Entendu, dans ce cas, j'y avais, alors », dit Virgil, et il sortit ses clés de sa poche. Il se rendit sous l'auvent, ouvrit le coffre de la Bluebird et déposa le sac dedans. Il fit le tour du véhicule jusqu'à la portière côté conducteur et s'installa au volant. L'auvent avait beau faire de l'ombre, la chaleur était toujours insupportable. Les sièges étaient en vinyle et, à leur odeur, on aurait cru qu'ils étaient sur le point de fondre. Virgil sentit la brûlure sous ses cuisses dès qu'il s'assit, et il abaissa aussitôt la vitre, puis tapota le volant à plusieurs reprises jusqu'à ce que ses mains s'habituent à la température. Il inséra la clé dans le démarreur. Il se contenterait de neuf trous plutôt que dix-huit, pensa-t-il, c'est tout. De toute façon, les autres auraient sûrement envie d'écouter les infos. Virgil fit marche arrière et cria par la vitre baissée : « Je serai de retour d'ici quelques heures ! »

Personne ne lui répondit.

Il alluma la radio et s'éloigna d'Acropolis Place, tourna à droite en direction du Louviers Country Club, cinquante hectares d'herbe verte et lisse situés à moins de dix kilomètres.

4

KATHLEEN NE CONNAISSAIT QUASIMENT PAS LA CALIFORNIE, où avait grandi son mari. En août, quand elle vit la cabane où vivait le père de Virgil – en fait, à peine plus grande qu'une remise et dotée d'un téléphone, coincée dans les montagnes de Santa Lucia, au-dessus de l'océan et respirant la précarité – et alors qu'elle écoutait Coke parler des gens qu'il avait tués, des doigts coupés qu'il avait recousus, des rôles qu'il avait joués au cinéma et de tous ces stupides poissons qu'il avait attrapés, elle se demanda pour la première fois pourquoi elle avait accepté d'épouser Virgil Beckett.

C'était le printemps 1948, juste après le championnat de tennis interuniversitaire. Kathleen allait décrocher son diplôme le mois suivant, et venait juste de battre Linda Kent, la joueuse numéro un de l'université du Maryland, en seize jeux, à la balle de match. Quand Kathleen avait gagné, la foule s'était levée pour l'applaudir. William Carlson, le président de l'université du Delaware, qui était présent avec sa fille, descendit des gradins et fit la queue pour lui serrer la main. Il lui dit qu'elle avait une endurance *remarquable* pour une femme, disputer seize jeux d'affilée ainsi. L'homme, décoré de la Légion du mérite, qui avait passé la guerre à créer des bases aériennes dans l'Arctique, dit qu'il n'avait jamais rien vu de tel, et mit mal à l'aise Kathleen en lui prenant le poignet et le brandissant en l'air comme si c'était le sien.

Kathleen posa sur le court pour une séance photo, et Carlson fit encadrer et accrocher le tirage de l'une d'elles dans la bibliothèque de la fac à côté des portraits d'autres jeunes femmes méritantes ayant eu leur diplôme.

L'université du Delaware n'était mixte que depuis peu, ayant absorbé l'université pour femmes du Delaware pour l'intégrer dans l'École supérieure des arts et des sciences. Le nouveau président, à la suite de nombreuses sonnettes d'alarme tirées par des étudiantes et d'anciennes élèves, voulut faire savoir aux femmes qu'elles avaient leur place ici, et c'est pourquoi la photo de Kathleen en robe de tennis, sa Dunlop Gold Wing perchée sur son épaule, fut accrochée à côté des vierges les plus célèbres du campus : Maureen Canterbury en train de résoudre un problème mathématique sur un tableau noir ; Joanne Lubboic dans sa blouse de laborantine face à une flopée de tubes à essais ; Meredith Meznick maniant un sécateur dans la serre du campus. La plaque sous les photos, que n'avait jamais aimée Kathleen, disait FEMMES MÉRITANTES DE L'UNIVERSITÉ DU DELAWARE.

Virgil, bien sûr, était présent. Il ne ratait jamais un match que disputait Kathleen, et il alla même jusqu'à emprunter une vieille Plymouth pour aller assister avec des amis à un match à New Haven. Avant la partie, Kathleen levait parfois les yeux vers les gradins et l'apercevait sur un banc, et dans ces moments-là elle devait faire un effort pour se rappeler que le beau gosse assis là-bas était son petit ami.

L'après-midi d'octobre où Virgil Beckett sortit de la cabine audio et s'avança en boitant dans la bibliothèque, Kathleen fut surprise de le voir s'arrêter devant la table où elle était en train de lire. Les plus beaux garçons ne faisaient pas attention à elle – elle était trop grande –, mais voilà qu'un type surnommé « Tab » se penchait sur sa béquille en bois et feignait de réparer un élément qui n'était pas cassé. Il la regarda à travers une mèche de ses cheveux blonds. « En robe de tennis à la bibliothèque ? » demanda-t-il.

Kathleen piqua un fard. Elle attendrait plusieurs mois avant de lui dire que Walter était mort la semaine précédente ; que sa mère ne se sentait pas bien ; que Kathleen portait sa tenue de tennis parce qu'elle n'avait plus de vêtements propres et n'avait nulle part où faire sa lessive. Elle montra du doigt le disque de Charlie Parker qu'il tenait à la main et demanda s'il jouait du saxophone.

« Est-ce que je joue du saxophone ? » répondit-il.

Kathleen mit deux jours avant de réaliser qu'il n'avait pas répondu à sa question.

Kathleen Lovelace n'était pas frivole. Elle avait tout à fait conscience des limites de sa beauté. Elle avait un de ces visages qui gagne à être vu sous un certain angle. Ses yeux étaient très écartés, son nez touchait presque sa lèvre supérieure – Ruth lui conseilla un jour de dire aux gens que ses traits étaient hollandais et belges –, mais Kathleen devait reconnaître qu'elle aimait bien s'avancer dans la cafétéria du lycée au bras de Virgil Beckett. Il avait les épaules larges et était doté d'une musculature qu'il n'avait pas eu à acquérir, ainsi qu'elle l'apprit plus tard. Il ne faisait jamais d'exercice. Ses cheveux blonds étaient rabattus d'un côté, tordus par un peigne. Une mèche tombait en permanence sur ses yeux, défiant quiconque de ne pas les adorer.

Kathleen ne pensait que rarement à Billy Blasko quand elle était avec Virgil, mais quand elle était seule elle pouvait se souvenir sur commande et dans le moindre détail de tous les moments qu'ils avaient passés ensemble. Les chaudes après-midi derrière les vestiaires, allongés ensemble dans le plus simple appareil, à parler tennis, les nuits où Kathleen sortait discrètement de sa chambre pour aller retrouver Billy et faire de longues promenades le long de la Brandywine River, passer devant les singes du zoo, et s'enfoncer dans le centre-ville de Wilmington plongé dans le noir. Les noms des boutiques et des panneaux étaient ronflants, comme venus d'un autre monde – le Playhouse, le Joy Trimming Company, H. F. Robelon's Piano et Organs, LeMar's 7th Heaven of Fashion –, et Kathleen se rappelait l'excitation qu'elle avait ressentie quand une sirène de police avait retenti en pleine nuit, la voiture fonçant sur eux dans l'obscurité, tous deux se réfugiant, le cœur battant, dans une entrée sombre du grand bâtiment DuPont, où ils se retrouvèrent face à une panoplie de costumes pour hommes portés par des mannequins dans la vitrine de Mansure & Prettyman – ou bien les soirs où ils se rendaient à pied jusqu'à la gare afin que Kathleen puisse admirer le beffroi que Billy trouvait « romanesque ». Ils évoquaient ses sœurs aînées, Elena et Ana, pour lesquelles il s'inquiétait en permanence, et quand Billy en avait assez de parler d'elles ils abordaient des sujets moins graves, comme la garde-robe de Ruth qui ne lui allait plus et qu'elle ne portait plus, mais qu'elle apportait chaque début d'année chez le teinturier afin qu'il l'amidonne et la repasse, ou l'étrange habitude qu'avait Walter le matin de se gargariser avec de l'eau oxygénée. Kathleen se contentait en général d'écouter Billy quand il parlait de ce qu'il appelait des « vrais sujets » : la guerre, la politique, et les livres (c'est sur l'insistance de Billy qu'elle avait emprunté à la bibliothèque un roman intitulé *Le Nazaréen*, si volumineux qu'elle fut presque gênée de le rapporter chez elle). Ces soirs-là, ils parlaient du monde entier, du moins, c'est l'impression qu'avait Kathleen, et ce afin de pouvoir rester tous deux assis sur le banc en bois dans la salle d'attente de la gare, sa tête sur l'épaule de Billy, sans rien dire, à attendre que l'œil solitaire d'un train en approche apparaisse dans le virage. Kathleen sentait qu'elle pouvait raviver à volonté chaque mot des conversations qu'ils avaient eues, et même plus tard cet automne-là, quand son père l'eut conduite, impavide, voir un médecin militaire privé à Philadelphie, même quand Walter l'eut déposée sans rien dire au croisement de Walnut et de la 37e Rue, sans lui ouvrir la portière ni descendre de voiture, et même quand Kathleen fut escortée en silence par un inconnu loin de son père, et eut traversé le campus de Wharton, emprunté Locust Wall et pénétré dans un bâtiment doté d'une étrange petite arrière-salle qui, lui avait dit une infirmière, servait de clinique pour vétérans, et même après ça, quand elle fut de nouveau rétablie, alors que Walter et Ruth se criaient dessus, lui criaient dessus, lui interdisant de revoir le Juif, les souvenirs de ces deux mois au cours de l'été 1942 demeurèrent profondément intacts.

Au printemps 1948, quand Virgil regarda Kathleen détruire Linda Kent sur le court de tennis, Walter était mort, le pancréas de Ruth ne durerait pas une autre saison, et cela faisait presque six mois que Kathleen n'avait pas revu Billy.

Quand ce dernier lui écrivait des lettres, ce qu'il faisait souvent, il arrivait qu'elle lui réponde. Elle savait qu'il avait trouvé un boulot d'assistant de recherche à l'Institut Alfred I. duPont dans le service d'orthopédie pédiatrique. Il habitait toujours dans le coin.

À la fin de chaque lettre, Billy disait qu'il voulait qu'elle vienne le voir, et donnait toujours son numéro de téléphone. Kathleen ne l'appela jamais. Elle ne lui avait jamais demandé de venir la voir à l'école, ou de la regarder jouer au tennis, mais elle avait parfois la sensation, alors qu'elle jouait, que Billy était là, sur les gradins, et Kathleen, tout en cherchant Virgil parmi les spectateurs, s'apercevait parfois qu'elle cherchait également Billy. Elle espérait qu'il ne viendrait jamais la chercher. Elle savait que si elle le voyait en personne, il lui demanderait de l'épouser, et elle ne voulait pas qu'il lui fasse cette demande. Elle craignait de lui dire oui.

Au fond, Kathleen en arrivait toujours à la même conclusion : elle avait épousé Virgil Beckett parce qu'il était facile à vivre. Il mesurait cinq centimètres de moins qu'elle, mais ils allaient bien ensemble. Ils étaient, comme le dit un jour son amie Patricia, « deux fruits tombés du même arbre ».

Kathleen Lovelace pensait que ça ne serait pas difficile d'aimer Virgil Beckett, et elle savait qu'elle pouvait contrôler ce qu'elle ressentait quand elle était avec lui. Là où Billy était intellectuel et sérieux, Virgil était détendu. Drôle. Ils parlaient tout le temps sans jamais discuter. Kathleen ne se rappelait pas avoir jamais vu Virgil avec un livre. Il ne s'était écoulé que trois mois depuis la fin de la guerre, mais quand ils étaient ensemble il n'en parlait jamais. Les événements extérieurs semblaient se dérouler à côté d'eux, comme s'ils regardaient un monde en mouvement depuis un train à l'arrêt. Quand ils parlaient, c'était de leurs amis, des matchs de tennis de Kathleen, ou de rien du tout. Ils ne se disputaient jamais. Quand Kathleen posa pour la photographie officielle qui serait accrochée dans la bibliothèque de la fac, Virgil, debout derrière le photographe, grimaça et lui fit des oreilles de lapin. Après ça, il l'emmena dîner à l'Athena Taverna, un restaurant grec que tous deux aimaient bien, et quand il lui présenta une bague de fiançailles avec une opale au-dessus du diamant humide d'un baklava, elle accepta.

Ce matin-là, en regardant la piscine depuis le balcon, Kathleen essuya la sueur dans son cou avec deux doigts, puis retourna dans sa chambre et ouvrit sa penderie. Elle tendit la main vers l'étagère du haut. Là, derrière ses boîtes de serviettes hygiéniques et son Midol, se trouvait son vieux maillot de bain rouge datant de la fac.

Quand elle était enceinte de Nathaniel, le poids de Kathleen était deux fois supérieur à ce qu'il aurait dû être. Les médecins lui dirent d'arrêter de manger autant, mais, confuse, elle essaya de leur expliquer qu'elle ne mangeait pas plus que d'habitude. Elle enflait, c'est tout. C'était comme si son corps s'attendait à se retrouver dans un accident de voiture dans six mois et mettait au point le rembourrage adéquat.

Au début, Kathleen fut furieuse. Les cours sur l'hygiène qu'elle avait suivis au lycée ne parlaient pas de ce qui se passait *vraiment* pendant la grossesse, et Kathleen avait été carrément choquée de devenir aussi grosse. Elle dut ôter sa bague de fiançailles. Elle ne pouvait plus porter de bijoux. Ses seins se tarirent vite quand elle cessa d'allaiter, mais ils étaient plus denses et pendaient. Elle avait souvent l'impression de trimballer deux paquets de viande qui la démangeaient, et étaient parfois douloureux. Les médecins lui certifièrent qu'après la naissance du bébé elle retrouverait sa ligne, ce qui avait eu lieu en partie – mais sa silhouette n'était et ne serait plus jamais comme avant. La même chose s'était reproduite avec Nicholas.

Désormais, avec les garçons sans cesse à ses basques, Kathleen avait pris l'habitude de cacher son corps, et elle s'habillait tous les matins le plus vite possible. Elle évitait les miroirs et se surprenait parfois à regarder la silhouette de Virgil avec envie. Alors qu'il avait à peine changé depuis la fac, Kathleen avait l'impression d'être un paysage se modifiant sans cesse, à l'intérieur comme à l'extérieur. C'était profondément injuste.

Dans la chambre, Kathleen leva une jambe lourde et la passa dans le maillot. Puis elle mit l'autre jambe. Elle s'attendait à un échec, mais à sa grande joie – moyennant quelques étirements – elle fit glisser les brides sur ses épaules et passa les mains sur son ventre, ravie de voir que le maillot lissait tout, puis noua une serviette autour de sa taille et enfila une vieille paire de tennis. Elle se rendit d'un pas traînant jusqu'à la porte d'entrée, en prenant en chemin ses cigarettes, un cendrier et le petit transistor, afin de pouvoir écouter de la musique.

En bas, dans la cour, le calme régnait. Les appartements étaient vides. Tout le monde était à l'église. L'eau était propre, comme si elle l'attendait. *Elle est bleue comme un rêve*, pensa-t-elle en se débarrassant de ses chaussures.

Elle descendit la petite échelle en métal donnant dans l'eau, lisse et réchauffée par le soleil d'automne déclinant, et soudain Kathleen Beckett ne pesa plus rien.

Elle avait toujours été à l'aise à l'air libre, et de ce côté-là, au moins, ça n'avait pas changé. Elle fit quelques longueurs, puis revint au bord du bassin, en reconnaissant qu'elle ne s'était pas sentie aussi bien depuis longtemps. Elle ancra ses orteils au fond, puis remua les genoux, regarda ses jambes créer des vagues sous l'eau. Toutes les pensées concernant l'appel téléphonique de la femme, et ce qui pourrait en découler, disparurent. *Virgil sera bientôt rentré* fut tout ce qu'elle pensa en allumant la radio, et quand elle entendit la Bluebird se garer sous l'auvent, Kathleen avait écouté les infos pendant plus d'une heure et savait ce que les Russes avaient fait.

Spoutnik 2 était dans l'espace, et à bord se trouvaient des émetteurs radio, des systèmes télémétriques, des systèmes de contrôle de la température et de régénération de l'air, deux photomètres mesurant la radiation solaire et les rayons cosmiques, et sous le satellite, sanglée dans une petite cabine pressurisée en forme de cône, était embarquée une petite chienne du nom de Laïka.

5

COMME PRESQUE TOUTES LES AUTRES ENTREPRISES situées dans l'agglomération de Wilmington, le Louviers Country Club était la propriété de DuPont. Le club était réservé à ses employés, mais comme Louis Porter s'était associé avec William duPont Jr. pour construire l'hippodrome de Delaware Park, les agents d'assurance d'Equitable y étaient les bienvenus. C'était un avantage considérable. Même si Virgil était moins payé à ce nouveau poste, il avait sa carte de membre du golf, et une Buick Bluebird '57 toute neuve bleu-vert.

Ce n'était pas une voiture que Virgil aurait choisie pour lui-même, mais il comprenait que ça faisait partie intégrante de ce qu'on attendait de lui à ce poste, lequel exigeait de passer du temps en démarchage. La Bluebird était une berline standard à quatre portes avec toit amovible et des pneus à flanc blanc, une finition en chrome brillant, et de modestes ailerons qui saillaient en pointe à l'arrière. Virgil n'avait encore jamais possédé de voiture neuve de sa vie. Alors qu'il engageait la Bluebird dans l'allée sinueuse qui encerclait les vastes greens du Louviers, il huma avec satisfaction l'odeur d'essence des sièges en vinyle bleu assortis. Les pneus roulaient sur les graviers en émettant un doux crissement.

Il était midi pile.

Il n'avait pas toujours joué au golf; il n'avait jamais golfé à Monterey et se moquait de ses condisciples qui pratiquaient ce sport. Virgil aimait reconnaître, non sans une certaine fierté, qu'il n'excellait pas dans les choses qui ne l'intéressaient pas, mais peu de temps après avoir quitté la fac il comprit pourquoi tous faisaient du golf : quiconque travaillait dans les affaires sur la côte Est se devait de jouer au golf le dimanche, et Virgil fut contraint de s'y mettre une fois embauché par Manifest Insurance, raison pour laquelle Kathleen et lui avaient quitté le Delaware pour s'installer à Pawtucket.

Comme pour tout le reste dans la vie de Virgil Beckett jusqu'à ce jour, le boulot à Manifest s'était relativement bien passé.

Au printemps, avant la remise des diplômes, il suivit Kathleen lors de ses matchs de tennis, mais il s'aperçut, quand l'été arriva, puis quand vint l'automne, qu'il n'avait toujours pas de projets personnels. Et quand ils décidèrent de se marier, cette absence de projets prit un caractère urgent. Walter Lovelace, le père de Kathleen, était déjà mort des suites d'un cancer du cerveau, mais Virgil avait appris par sa fille que ledit Walter, qui donnait à Wharton des cours portant des intitulés comme « Gestion des richesses familiales » et « Diriger une entreprise émergente », ne plaisantait pas quand il s'agissait de « projets ». Le monde des affaires laissait Virgil perplexe, mais c'était le milieu dont était issue sa femme, aussi, quand il repéra une annonce dans le *News Journal* de Wilmington pour un poste d'agent d'assurances à Pawtucket proposant « des perspectives salariales attrayantes », le candidat au capitalisme le plus improbable caressa l'idée de vendre des assurances-vie à Rhode Island.

Virgil ne connaissait pas cet État. Il croyait qu'il s'agissait d'une île. Il savait qu'il y avait des plages. Il se dit que vivre là-bas serait un peu comme à Monterey, et il envoya un bref courrier concernant le poste et, au bout d'une semaine, il s'offrait une belle Nash '42 et faisait la connaissance de ses nouveaux collègues de travail : Donald Frazier Jr., George Burpee et George Stimp.

Lors de son tout premier jour au bureau, ces derniers lui proposèrent de venir faire du golf avec eux le dimanche.

Virgil, qui pensait que le dimanche était censé être un jour de congé, hésita. En plus de ne pas savoir jouer au golf, Virgil Beckett préférait ne rien faire pendant ses jours de congé, juste s'allonger sur le canapé avec le journal étalé sur sa poitrine et écouter du Charlie Parker – mais il devina à juste titre que l'invitation n'était pas vraiment négociable, et il accepta.

Le fait est que le golf lui plut.

Faire du golf n'avait rien à voir avec faire de l'exercice. C'était tout juste un sport. Vous passiez l'après-midi dehors, à vous déplacer tranquillement dans une petite voiture de trou en trou, avec des ados qui portaient vos clubs, vous admiraient, et espéraient que vous leur trouveriez un jour un boulot. Virgil sut assez vite comment jouer, et il s'écoula peu de temps avant qu'il ait hâte de « manier le fer », comme disaient ses collègues, le dimanche.

En prime, Virgil appréciait Frazier, Burpee et Stimp. Ces derniers n'étaient pas de grands bosseurs et ils étaient toujours de bonne humeur. Tous arboraient le même genre de sourire. Quand Virgil signa son premier client, ils l'invitèrent à déguster un steak au Carriage Inn and Saloon, à une cinquantaine de kilomètres au sud de North Kingstown, un vieux cellier en pierre avec une cheminée datant d'au moins deux cents ans. Ils commandèrent à boire, évoquèrent le retour des Jeux olympiques à Londres quand le serveur était présent, et un livre qui venait de sortir, intitulé *Comportement sexuel chez le mâle humain*, quand le serveur n'était pas là.

Plusieurs tournées de whiskey avec des blancs d'œuf et des cerises plus tard, Frazier dit à Virgil qu'il avait raison d'être ambitieux mais que ce n'était pas vraiment nécessaire : son père, Donald Frazier Sr., possédait la moitié de Rhode Island, dit-il, et le vieux avait promis à son fils qu'il maintiendrait éternellement ses finances à flot. Tous leurs clients étaient aussi ceux de Don Sr. Quant à Manifest Insurance, c'était le seul endroit au monde, lui dirent ses collègues, où un homme n'avait pas besoin de « lever le petit doigt ». Frazier lui fit un clin d'œil et brandit son verre. George Burpee l'imita, tout comme George Stimp. Ils se portèrent mutuellement des toasts, et Virgil prit son verre et trinqua à leur santé. Et à la sienne.

Il avait l'impression d'avoir gagné au loto.

Quelques jours plus tard, quand ils insistèrent pour qu'il vienne avec eux boire des verres au Crooly's après le travail, il allait de soi qu'il accepterait.

Le Crooly's était un pub irlandais qui n'était plus tenu par des Irlandais. Un drôle de choix, pensa Virgil, pour trois hommes de quarante ans, mais après la guerre, avec la fermeture des usines, la vie nocturne à Pawtucket avait décliné elle aussi. Moitié en briques et moitié en bardeaux, l'endroit était en gros un garage réaménagé dans un recoin de la ville, près de la frontière avec le Massachusetts, qui existait depuis des années. Virgil apprit que ses trois collègues s'y rendaient tous les mercredis et jeudis soir. Frazier, Burpee et Stimp avaient la quarantaine bien sonnée, et chacun une famille, Virgil le savait, mais ils allaient au Crooly's même si – ou peut-être parce que – ils étaient mariés.

Les toutes premières fois où Virgil se rendit au Crooly's, il but tellement qu'il vomit juste après dans l'allée, et dut se retirer dans les petites toilettes sombres du bar pour se nettoyer avant d'aller retrouver Kathleen chez eux. Mais il acquit très vite une tolérance et suivit le rythme des autres, qui semblaient, à la grande surprise de Virgil, capables de boire pendant des heures sans que ça se voie du tout. Ils étaient heureux qu'il les accompagne au Crooly's, parce que si Virgil Beckett possédait un talent en ce monde, c'était bien son don pour capter immédiatement l'attention des femmes, partout où il allait. Le premier soir où il se joignit à eux, ils lui dirent qu'ils le trouvaient non seulement beau mais *mignon*, et tandis qu'il les regardait se rabattre sur les femmes qu'il rejetait, Virgil se demanda si tel n'avait pas été leur plan dès le début en le recrutant.

Et ça avait duré ainsi pendant neuf ans.

Puis, par un froid lundi d'avril, quelques jours après que Virgil eut rompu avec Little Mo, ses collègues emmenèrent leur secrétaire pour un déjeuner arrosé afin de fêter son anniversaire. Virgil, qui goûtait l'isolement de sa récente sobriété, resta au bureau. Quand le téléphone sonna au poste de Frazier, il alla décrocher.

Un vieil homme était au bout du fil, il parlait d'un ballon qu'il voulait acheter. « Un gros ballon argenté, dit-il. Plus gros que dans un cirque ou un défilé, et vous regarderez le ciel, et il sera là. » L'homme – qui lui parut très âgé au son de sa voix – lui dit qu'il était las de vivre seul et voulait habiter avec Don et sa femme, Marilyn, et leurs filles, s'ils voulaient bien de lui. Il ne mangeait pas convenablement. Deux jours plus tôt, dit-il, il y avait eu une coupure d'électricité au cottage, et personne n'était venu la réparer !

Secoué, Virgil lui dit qu'il s'était trompé de numéro et raccrocha. Au cours de toutes ces années, pensa-t-il, personne ne lui avait dit que Don Sr. était infirme.

Virgil resta la main sur le combiné plus longtemps qu'il le voulait et, quand le téléphone sonna de nouveau, il sursauta. Il ne répondit pas. Au lieu de ça, il se mit à compulser le Rolodex de Frazier. Il trouva une fiche avec le mot *Papa* écrit dessus, suivi de deux adresses à Rhode Island. L'une était à Newport. L'autre à Portsmouth, à environ quarante-cinq kilomètres au sud. Don avait ajouté une note au crayon à papier : *Common Sense Point (cottage).*

Virgil ne sut pas pourquoi il décida d'aller voir Donald Frazier Sr. ce jour-là, mais ça devait avoir un lien avec le fait que son propre père venait de quitter Monterey pour s'installer dans une petite cabane en bardeaux dans les montagnes de Santa Lucia avec une vue dégagée sur l'océan. Il n'avait le téléphone que depuis peu. Sachant qu'il y avait souvent des éboulements dans le coin – l'un d'eux avait failli emporter récemment le Bixby Bridge –, Virgil s'inquiétait pour son père qui vivait seul.

L'an dernier, quand sa sœur Irenie s'était mariée et avait emménagé avec son machiniste quelque part dans l'Oregon, Virgil avait essayé de convaincre son père de s'installer dans l'Est, de venir vivre avec lui et Kathleen, mais Coke Beckett avait déclaré qu'il n'irait nulle part. Il avait eu envie d'habiter Big Sur depuis que Bitsy était morte, dit-il, et il annonça tout de go à Virgil qu'il préférait qu'un glissement de terrain l'emporte plutôt que de vivre près de la côte Est avec ses « poivrots, ses snobs et ses trouducs ». Une mort honnête était préférable à une vie malhonnête, aimait dire Coke. « Ta mère est partie tôt, disait-il souvent, mais honnêtement. »

Ses collègues n'étant pas dans les bureaux, personne n'eut rien à redire quand Virgil mit son manteau et son chapeau, accrocha à la porte le panonceau « Fermé » et partit.

Sa Nash était en révision au garage, et Virgil s'était gelé en allant au travail à pied ce matin-là, aussi emprunta-t-il la Windsor '55 noire de Frazier qui était garée sur le parking. Il attrapa les clés quand elles tombèrent du pare-soleil et mit le chauffage à fond. Il roula jusqu'à une station-service proche où ils servaient le café gratis, acheta une carte de la région à quinze *cents* et, tout en roulant sur la I-95 qui traversait Providence, pensa au jour où Coke avait parlé de Bitsy à des policiers.

Ces derniers essayaient de faire porter le chapeau au chauffeur de bus bouleversé, lequel affirmait avoir eu la priorité : « Cette femme a tout simplement déboulé devant moi ! » s'écria-t-il, et Virgil, qui allait sur ses quatorze ans, vit son père lever une main comme pour dire : « Assez. » Coke ne doutait pas une seule seconde de la véracité de la version du chauffeur de bus, dit-il aux policiers, car sa femme, qui était très belle et qu'il aimait, ne regardait jamais avant de traverser. « Elizabeth se déplaçait comme si elle était Moïse, dit-il. Elle s'attendait à ce que les gens s'écartent sur son passage. » Pendant des années, leur dit Coke, il l'avait retenue au bord du trottoir, empêchée de marcher dans le caniveau, et Virgil savait que son père avait raison. Sa mère avait l'habitude de rire de sa propre distraction : « Je suis une vraie tête de linotte ! » aimait-elle à dire, et ça lui faisait toujours peur. Comme Bitsy, Virgil Beckett se surprenait souvent à rêvasser, la tête ailleurs, et il avait passé un temps considérable à se demander si le sort de sa mère n'allait pas un jour lui échoir. Il pouvait soutenir toute une conversation avec Kathleen et ne se rappeler aucun mot. Il oubliait les noms et les visages. Il ne s'était jamais endormi en cours, mais n'était jamais vraiment réveillé. Et combien de fois s'était-il rendu quelque part puis aperçu qu'il ignorait où il se trouvait ? Il ne semblait pas exclu qu'un jour Virgil déboule devant un bus et disparaisse de la surface de la Terre.

Deux mois après l'accident, il se rendit à la bibliothèque, chercha le nom de Moïse dans un dictionnaire et fut rassuré. Si sa mère marchait comme si elle était Moïse, pensa-t-il, cela voulait peut-être dire qu'elle voyait quelque chose que personne d'autre ne pouvait voir.

À en croire la carte, Common Sense Point s'appelait en fait Common *Fence* Point, et était situé à l'extrémité nord d'Aquidneck Island, à Portsmouth. Tiverton était à l'est, Newport tout au sud, un endroit, d'après ce qu'avait entendu dire Virgil, plein de vastes demeures, offrant les plus belles vues sur la côte rocheuse atlantique. Quatre ans plus tôt, le sénateur John F. Kennedy et Jacqueline Bouvier s'étaient mariés là-bas, et avaient donné une réception grandiose chez les Auchincloss, avec huit cents invités. C'était le genre d'endroit idéal, supposa-t-il, pour un homme « possédant la moitié de Rhode Island ».

Virgil prit la sortie donnant sur la route 195 puis roula le long de la 114, dépassant Barrington, Warren et Bristol. Pour se rendre à Portsmouth, il dut traverser Mount Hope Bridge, le plus long pont suspendu de Nouvelle-Angleterre, et alors qu'il filait dessus il admira les tours qui se dressaient dans le ciel, la façon dont les câbles de suspension plongeaient et s'éloignaient. Bitsy l'avait emmené voir le Golden Gate Bridge en 1937, juste après son ouverture, et il se rappelait avoir descendu Market Street bras dessus bras dessous avec sa mère ce jour-là, puis marché le long de l'Embarcadero avec ses poubelles et ses mouettes.

Bitsy avait parlé du tremblement de terre de 1906. Elle avait cinq ans quand c'était arrivé, mais elle se souvenait de tout : la maison de sa famille avait été détruite. Ils s'étaient réfugiés à Monterey. « J'ai rencontré ton père à cause d'un tremblement de terre », dit-elle en désignant les bâtiments qui avaient brûlé, et qu'on avait reconstruits. La fumée tourbillonnait dans l'air ce jour-là comme jaillie d'un volcan, dit Bitsy, et elle s'arrêta de marcher pour lui dire qu'elle pouvait encore sentir la chaleur des incendies qui semblaient tombés du ciel. Elle se toucha les joues. De la cendre partout, dit-elle, qui vous faisait suffoquer. Des tas de personnes sont mortes, mais les gens se sont également entraidés, dit-elle. C'est ce jour-là, lui dit-elle, qu'elle a compris qu'elle n'avait pas peur de mourir.

Au coucher du soleil, ils arrivèrent devant le pont. Bitsy gara la voiture. « Traversons-le à pied, dit-elle en montrant la voie réservée aux piétons.

— C'est rouge, dit-il.

— Vermillon », dit sa mère.

Il avait onze ans. Les Beckett n'avaient jamais été religieux, mais, alors que Virgil avançait au-dessus de l'océan Pacifique sous les tours gigantesques rouge-orange du pont, son imagination enfantine fit qu'il eut l'impression grisante d'être Dieu. Sa mère chanta une chanson de cow-boy qu'elle aimait bien, « There's a Silver Moon on the Golden Gate ». Elle avait été choisie pour commémorer l'ouverture du pont deux mois plus tôt.

And it shines above on the one I love
And its charms caress the arms I'm longing for.

(Et elle brille au-dessus de celui que j'aime
Jetant ses charmes sur les bras que j'attends.)

Virgil fredonna cette chanson tout en traversant l'extrémité nord de Portsmouth. Quand un panneau avec une vache l'informa qu'il était arrivé à Common Fence Point, il s'engagea sur une route étroite jusqu'à ce qu'il arrive au bout d'un étrange isthme désolé où du bétail avait dû paître autrefois.

Il coupa le moteur.

Ce n'était pas Newport. Il n'y avait pas de belles demeures ici. Il n'y avait presque pas de maisons. Un chemin de terre envahi par les joncs de mer aboutissait à un cottage isolé avec un porche de guingois qu'obscurcissaient des massifs de rosiers sauvages. Il manquait plusieurs volets au cottage en bardeaux gris, et ceux qui étaient encore en place avaient perdu leur couleur. Non seulement l'endroit semblait inhabité, mais personne n'y était apparemment venu depuis longtemps. Virgil ouvrit la portière de la Windsor et descendit du véhicule, mais le vent était si glacial qu'il faillit renoncer. Dire qu'il avait fait tout ce trajet, pensa-t-il. Il souffla sur ses mains et les coinça sous ses aisselles en s'approchant du porche. Il frappa à la porte. On ne voyait par les fenêtres que des vieux meubles, aussi contourna-t-il le cottage jusqu'au jardin situé derrière.

Un vieil homme se reposait sur la souche d'un chêne.

« Mr Frazier ? dit Virgil. Vous êtes Mr Frazier ? »

L'homme portait un costume en laine démodé et un derby marron, comme s'il allait se rendre au bureau par un beau jour de 1924. Virgil eut l'impression qu'il regardait le pont, dont les tours et les câbles se détachaient très nettement dans le ciel à cette distance, mais son dos s'était calcifié en une monstrueuse posture. Virgil se rapprocha. Les mains de l'homme étaient blanches et crochetées sur ses rotules. Sa bouche et son menton, plissés en une grimace, étaient lisses, et la laine sur ses épaules luisait de la rosée de l'Atlantique, apportée par le vent qui soufflait de la baie.

Virgil resta là, submergé par le dégoût, se demandant quoi faire, se demandant comment ça pouvait être le même homme à qui il avait parlé moins d'une heure plus tôt. N'ayant guère d'autre choix, il retourna à la voiture. Il se hâta de regagner le continent, appela la police depuis une cabine pour leur signaler ce qu'il avait vu, et ne revint jamais à Manifest Insurance. N'envoya même pas de lettre de démission. (Démissionner de quoi, d'ailleurs ?)

Ça lui prit deux semaines, et il passa sans succès quatre entretiens pour diverses sociétés de Rhode Island avant d'envisager le Delaware, où Lou Porter et Artie Wooz, à Equitable Insurance, qui n'avaient jamais entendu parler de Manifest mais furent contents de sa prétendue expérience professionnelle, de son diplôme de l'université du Delaware, acceptèrent de le rencontrer et l'apprécièrent.

Virgil gara sa Bluebird sur le parking du Louviers. Il ouvrit le coffre, tendit ses fers à l'assistant. Après s'être vite changé, il chercha et trouva facilement ses collègues d'Equitable. Ils étaient tous en train de monter dans les voiturettes.

C'est Wooz qui le vit en premier et lui fit signe.

« On a cru que t'étais mort, Beckett ! cria-t-il.

— Je suis là », dit Virgil.

Artie Wooz était avec un de ses amis de Yale. Les deux hommes montèrent dans la même voiturette, et Lou Porter monta avec un gars de DuPont que Virgil ne connaissait pas.

La station expérimentale DuPont et l'hôpital pour enfants DuPont près de Brandywine River employaient à eux seuls plus de quatre-vingts pour cent des habitants de la ville. Louis Porter lui-même, dit Wooz, était parvenu à assurer plus d'un tiers de tous les employés de DuPont. Dès que son vieux avait pris sa retraite, aimait à se vanter Wooz, il s'était donné pour objectif de tous les faire signer.

Quand les autres furent installés dans leurs voiturettes respectives, Virgil monta seul dans une troisième, légèrement contrarié.

« Nombre impair ? » lança-t-il.

Wooz désigna quelqu'un derrière lui.

« Braddock est de retour », dit-il.

Virgil se retourna.

Tom Braddock n'était pas repassé au bureau depuis un mois, pas depuis la mort de son fils William.

Virgil s'arma de courage, et regretta de ne pas être avec Wooz. Ou avec n'importe qui d'autre. Comme Braddock approchait, Virgil vit que l'homme avait fait des efforts pour se ressaisir : il s'était rasé, peigné, et ses vêtements étaient repassés. Sa chemise était bien rentrée dans son pantalon. Mais rien de tout cela ne pouvait faire oublier la souffrance qui marquait son visage. À la main gauche de Braddock, il n'y avait plus d'alliance.

Il se glissa sur le siège à côté de Virgil.

« T'as tout ce qu'il faut ? demanda-t-il en enfilant un gant.

— Oui, dit Virgil. C'est parti. »

Les hommes formèrent une file de voiturettes, direction le tee. De temps en temps, l'un d'eux montrait le ciel. L'automne était fini, et les hauts sapins pâles se détachaient devant les branches nues des érables et des chênes. En dépit de la chaleur, Virgil sentait l'hiver approcher. Après avoir vécu douze ans sur la côte Est, il ne s'était toujours pas habitué au rythme des changements de saison, la façon dont le monde, tous les quatre mois, était repeint à neuf.

« Comment va Sally ? » demanda-t-il, dès qu'il se fut rappelé le nom de l'épouse de Braddock.

Tom ne répondit pas.

« Ils en ont envoyé un autre, dit-il. T'es au courant ? »

Virgil acquiesça.

« *Spoutnik 2*, dit-il. Ils ont mis une chienne dedans, dans une capsule dans la fusée. Ils l'appellent "Muttnik". C'est dingue, non ?

— C'est stupide et cruel, dit Tom. Tuer un animal comme ça. La pauvre chienne passe au-dessus de nous en ce moment même, à cramer dans l'espace. »

C'est un mort qui te parle, pensa Virgil.

« Tu viens de la côte Ouest, c'est bien ça ? dit Tom.

— Monterey », dit Virgil.

Tom se tourna vers lui, joyeusement. « Comme Steinbeck, dit-il. Le territoire de *Rue de la Sardine*.

— C'est exact », dit Virgil.

Il connaissait le livre, bien sûr, mais sa famille avait toujours veillé à éviter le quartier des sardiniers. Ça puait vraiment là-bas.

« Ces temps-ci, je n'arrive qu'à lire, dit Tom. J'envisage d'écrire un livre sur le Japon en 1868, pendant la chute du shogunat. »

Virgil ignorait ce qu'il était censé répondre à ça.

« Il y avait beaucoup de Japonais autrefois à Monterey, dit-il. Avant la guerre. Mais mon père dit qu'il n'y en a plus tellement aujourd'hui. Des Japs. »

Un préposé à l'entretien traversa le green dans une tondeuse de la taille d'une petite voiture. En l'observant plus attentivement, Virgil s'aperçut que c'était bel et bien une voiture, une Ford vintage à rayures avec un groupe de cinq tondeuses attachées derrière elle.

« Tu étais à Rhode Island avant d'arriver ici, c'est bien ça ? demanda Tom.

— Pawtucket, dit Virgil.

— Tu y es resté longtemps ?

— Environ neuf ans.

— Pourquoi t'es parti ? »

Ils garèrent la voiturette. Virgil regarda les caddies décharger leurs fers. Les bernaches du Canada étaient là, elles s'étaient posées sur le premier tee. Tout le monde rigolait. Les caddies, tous des ados du coin, sortaient les fers comme des épées et couraient au milieu des oiseaux, les forçant à s'envoler.

« Changement de décor », dit-il.

Tom acquiesça. « Je vais pas rester ici longtemps. Je supporte pas. J'ai essayé de convaincre Sally de déménager avec les garçons, de prendre un nouveau départ. Mais elle ne quittera jamais Wilmington. »

Alors que le caddy de Virgil lui tendait le driver pour jouer le départ, un voiturier rebelle commença à passer à fond « Jailhouse Rock » à l'autoradio.

Il allait emmener Kathleen voir le nouveau film d'Elvis vendredi. Même si Virgil détestait Elvis et sa musique d'une façon viscérale, telle qu'il ne l'aurait pas cru possible, Kathleen semblait l'apprécier, et elle avait aimé ce film avec Judy Tyler qu'ils avaient vu cet été. En sortant du cinéma, elle avait posé sa tête sur son épaule et lui avait dit qu'elle avait passé une super soirée, aussi lui avait-il promis qu'ils iraient le voir.

Il faisait des efforts.

Un soir, le mois dernier, en rentrant chez lui après le boulot, il mit en marche le tourne-disque du salon, posa le diamant sur leur chanson et alla chercher sa femme.

Kathleen était dans leur chambre, elle tenait sa vieille robe de tennis devant elle, celle qu'elle portait sur la photo accrochée dans la bibliothèque universitaire. Sa raquette, la Dunlop Gold Wing, était posée sur leur lit.

Virgil s'appuya au chambranle et croisa les bras. « Mets-la », dit-il.

Kathleen la lui lança et rit. « Jamais de la vie », répondit-elle.

Il plia la robe en deux et la déposa sur une chaise. Il tendit une main. « Danse avec moi », dit-il.

C'était le 3 octobre, et il était sept heures du soir. Les garçons jouaient dehors avec les fils Parousia. Le lendemain, William Braddock tomberait raide mort sur la pelouse de son père et le premier *Spoutnik* allait hurler dans l'espace, mais en cet instant, ensemble, Virgil et Kathleen dansèrent dans le salon du 14B et dansèrent lentement comme ils ne l'avaient pas fait depuis la fac. Virgil sentit le corps de sa femme se détendre alors qu'ils dansaient, ses jambes entrant et sortant entre les siennes. Grâce à Ruth, Kathleen était une bonne danseuse. Son dos s'arqua un peu quand il caressa son bras avec deux doigts, en un mouvement ascendant. Il l'embrassa dans le cou, passa ses lèvres le long de son oreille. « *You are the angel glow that lights a star*, chanta-t-il, *the dearest things I know are what you are.* » Tu es l'ange qui fait briller l'étoile, ce que j'ai de plus cher au monde.

« Faux-cul », murmura-t-elle, puis elle sourit.

6

ILS HABITAIENT À ACROPOLIS PLACE depuis plus de six mois. Depuis plus de six mois, Kathleen avait guetté le bruit de la Bluebird se garant sous l'auvent. C'était les petites choses, elle le savait désormais, les petites répétitions, qui composaient une existence. Ce matin-là, Kathleen alla lentement d'un bout de la piscine à l'autre. Elle appuya son dos contre le rebord et alluma une cigarette qu'elle ne comptait pas fumer tout en écoutant sa famille monter les marches en silence, Virgil ouvrir la porte du 14B. Elle entendit son mari l'appeler et, quand Nathaniel apparut le premier sur le balcon, elle leva les yeux vers son fils aîné – ses longs membres, ses cheveux châtains et ses épaules anguleuses – et se dit ce qu'elle pensait souvent quand elle le voyait : *Le passé, c'est le passé.*

Nicholas, un double de Nathaniel en plus petit, bien que plus jeune d'un an, agrippa la rambarde du balcon à côté de son frère.

« Maman est dans la piscine ! » s'écria-t-il.

Impossible de faire machine arrière. Kathleen s'était repassé les événements de très nombreuses fois et était toujours incapable de dire avec certitude ce qui s'était passé. Elle ne vit pas Billy Blasko à la fac – mais elle l'avait revu une fois après la fac, à l'automne 1948, juste trois mois après avoir épousé Virgil Beckett et emménagé à Pawtucket.

Mrs Beckett avait eu de longues conversations dans sa tête, à la fois juge et partie, concernant ce qu'elle avait fait, le bien et le mal de la chose, et en avait toujours conclu, à chaque fois, que Nathaniel ne regardait personne d'autre qu'elle. Sa décision de dire oui à Virgil avait signifié dire non au tennis, et à l'époque Kathleen pensait qu'elle aurait fait une bonne joueuse de tennis; elle n'était pas tout à fait sûre qu'elle aurait pu être excellente.

Au début, elle avait cru Randy Roman, ce coach qui disait pouvoir la rendre célèbre, un type maigre et bizarrement suffisant, originaire de Brooklyn, qui répéta plusieurs fois à Kathleen pendant sa dernière année de fac qu'elle avait Wimbledon « dans sa poche », qui disait qu'il serait son manager, sillonnerait le pays avec elle – et, si elle réussissait ici, l'emmènerait en Australie –, jusqu'au jour où il glissa une main sur ses fesses et la pelota. Kathleen rejeta Randy Roman non parce qu'elle aimait Virgil Beckett plus que le tennis mais parce qu'elle détestait perdre. Margaret Osborne duPont était la meilleure joueuse au monde, elle aussi habitait à Wilmington, et Kathleen commença à se demander combien de championnes de tennis pouvait contenir une seule ville. Dès que la main de Mr Roman vint se balader sur ses fesses, elle douta de pouvoir un jour battre le record de Margaret Osborne duPont. Épouser

Virgil, se dit-elle, était le parti le plus prudent. Peut-être qu'elle ne pouvait pas gagner, mais elle ne perdrait pas.

Il s'écoula peu de temps avant que Kathleen se demande si elle n'avait pas commis une erreur. Virgil avait pris le premier travail qu'il avait trouvé. Kathleen savait qu'il était paresseux, mais il ne fit même pas d'effort.

Le boulot en question était ce que Walter Lovelace aurait qualifié d'« opération de seconde classe » au sein d'une obscure compagnie d'assurances sise à, mon Dieu, Pawtucket, Rhode Island. Kathleen s'était déjà rendue dans cet État un jour, à l'occasion d'un match à Brown. Quand elle apprit ce que Virgil avait fait, quand il lui annonça qu'ils allaient s'installer à Rhode Island, elle se fit des illusions, repensa aux chouettes restaurants du quartier d'Armory, à l'Athenaeum de Providence qu'avait visité l'équipe de tennis. Sa matière principale à la fac était la littérature, et Kathleen avait vu de près des éditions originales de Poe et de Whitman, et tandis qu'elle se tenait au milieu des vastes collections, à humer les feuilles jaunissantes des poèmes, ces dernières lui firent l'effet de sacrements. En plus des lettres qu'il lui écrivait, Billy avait souvent envoyé des livres à Kathleen, qu'elle avait tous rangés sur ses étagères. Il lui parlait d'écrivains tchèques qu'il aimait aux noms imprononçables : Hašek, Kukučín, Cíger-Hronský – Kathleen avait commencé tous les livres que Billy lui avait envoyés.

En juin 1948, une fois mariés, quand Virgil et Kathleen eurent chargé la voiture et parcouru les quatre cent cinquante kilomètres séparant Newark de Pawtucket, ni l'un ni l'autre n'étaient préparés à ce qui les attendait. Ils arrivèrent sous un ciel nuageux, et leur première impression fut très forte : les usines de textile et de métallurgie de Pawtucket avaient été soit fermées soit réimplantées au sud pendant la Dépression, la guerre, là où la main-d'œuvre était moins chère. Tous les ouvriers avaient perdu leur travail.

La nouvelle demeure de Virgil et Kathleen, située dans Bench Street, faisait face au fleuve, avec sur l'autre rive la vieille cotonnerie Slater.

Kathleen ne voulut pas jouer les pimbêches ; elle savait que son mari ne connaissait rien à l'argent. À la mort de Ruth, Kathleen apprit par l'avocat que Walter Lovelace avait modifié son testament, léguant le plus gros de ses biens, y compris la mansarde des Highlands et tout ce qu'elle contenait, à une organisation caritative dédiée aux vétérans, ne laissant à Kathleen qu'une petite somme en liquide. Malgré ce qui était arrivé entre eux, Kathleen ne fut pas amère. C'était plus qu'assez pour verser un acompte sur un prêt immobilier, et elle dit à Virgil que c'était à lui qu'il revenait de choisir la maison.

La maison que Virgil trouva était de dimensions convenables pour un jeune couple, et avait été récemment peinte couleur bouton-d'or avec des finitions blanches. Elle était attrayante, admit Kathleen, avec son toit pointu, et sa cheminée en briques qui occupait presque tout un pan du salon. Il y avait un jardin panoramique de taille correcte, et un vieux chêne dans le jardin, près de la porte d'entrée. Le problème, c'était le quartier. Leur maison était une des rares de la rue. Le reste de Bench Street se déclinait en immeubles d'appartements remplis des cris angoissés de locataires au chômage.

Lors de leur première soirée à Pawtucket, ils allèrent se promener. Virgil, pressentant chez Kathleen quelques doutes, passa son bras autour de ses épaules et lui désigna les mansardes et maisons victoriennes dans les rues avoisinantes de Walnut et Walcott, avec leurs riches jardins verdoyants. « C'est la belle vie ici », dit-il, et Kathleen ne sut pas s'il voulait dire maintenant ou plus tard.

La petite maison jaune était plongée dans le noir et il n'y avait aucune ampoule neuve. Pendant que Virgil débutait à Manifest, Kathleen passait des heures avec une serpillière, un seau et un balai, ôtant les toiles d'araignées, récurant jusqu'au moindre recoin triste et gras. La cuisine, surtout, était dans un état épouvantable, avec l'arrière de la glacière recouvert de moisissure noire. Des crottes de souris jonchaient les placards, et leurs cadavres velus l'attendaient dans le sous-sol, avec une horrible matière gluante courant sur les fondations, comme si la terre essayait d'enfoncer la maison avec plusieurs mains. La salle de bains, tout en carreaux rose et noir, était trop grande, plus grande qu'une des chambres à coucher, et la baignoire était pleine de taches orange laissées par des résidus métalliques présents dans l'eau municipale.

Au moins, l'endroit fut rapide à organiser. Les meubles qu'ils avaient commandés arrivèrent, leur ligne téléphonique fut raccordée. Il y avait un club de gym pour femmes, auquel s'inscrivit immédiatement Kathleen, mais les autres femmes avaient toutes déjà des enfants, d'âges divers, et elles ne parlaient que de leur progéniture.

Ce fut l'intensité de son isolement qui la surprit, un retour douloureux à tout ce qu'elle avait connu enfant. N'ayant pas grand-chose à faire, Kathleen Beckett se mit à rêver à Kathleen Lovelace, championne de nombreux Grands Chelems, une jumelle vivant une vie différente, sillonnant le monde avec un vrai coach, posant devant les photographes, battant Margaret Osborne duPont sur herbe devant des milliers de personnes à Wimbledon.

À mesure que les semaines passaient, Kathleen pouvait sentir son talent quitter lentement son corps, de façon physique, littérale. Elle fut étonnée de découvrir que les muscles, quand on ne les fait pas travailler, finissent par faire mal. Les femmes du club de gym complimentaient sa silhouette. Elle avait l'impression de devenir folle.

Quand elle apprit par le boucher que les urbanistes de Pawtucket allaient construire l'autoroute I-95 à moins de quatre pâtés de maisons de chez eux, Kathleen passa toute l'après-midi à pleurer dans sa chambre à l'étage.

Le répit n'arrivait qu'avec le retour de Virgil. Sur l'insistance de Kathleen, ils prirent l'habitude de faire cet été-là de longues promenades le soir, et se mirent à discuter de certaines choses : comment ils en étaient arrivés là, quelles raisons de se réjouir ils avaient. Le fait qu'ils étaient mieux à Pawtucket que s'ils étaient restés coincés à Newark comme leurs amis. Surtout, ils s'amusaient en se moquant des personnes qu'ils croisaient dans la rue, et Virgil se livrait à une imitation d'un poivrot qui la faisait mourir de rire à chaque fois. Une après-midi, pour rire, Kathleen enfila son imper par-dessus sa chemise de nuit et s'examina dans le miroir. Elle éclata de rire. Elle trouva qu'elle ressemblait pour de bon à une de ces personnes un peu folles. Emma Bovary à Pawtucket. La Bertha de *Jane Eyre*. Quelle épouse en littérature, pensa-t-elle, n'était pas dérangée ou folle, et elle se décoiffa, se mit du rouge à lèvres n'importe comment, puis, amusée par son déguisement, sortit dans la rue, traversa le pont d'Exchange Street et se rendit à Manifest Insurance Company.

La compagnie d'assurances occupait un immeuble en briques d'un étage dans High Street, près d'un magasin de matériel électrique, à une rue de la bibliothèque municipale. Elle s'était déjà rendue au travail de Virgil, pour rencontrer ses collègues, mais aucun d'entre eux, autant qu'elle pût s'en rendre compte, ne brillait par une qualité particulière.

À l'intérieur, il y avait quatre bureaux modestes, et une petite aire de réception pathétique avec juste un bureau d'accueil orné d'une fille au teint blême qui mâchouillait un chewing-gum. Quand Kathleen poussa la porte d'entrée, la fille leva les yeux et cessa de se limer les ongles.

Kathleen lui adressa un clin d'œil et porta un doigt à ses lèvres. « Je suis l'épouse de Virgil », murmura-t-elle.

La fille roula des yeux en détaillant la dégaine de Kathleen, puis pointa sa lime à ongles en direction de son bureau. Kathleen s'approcha de la porte et l'ouvrit.

« Aime-moi ! » s'écria-t-elle avant d'éclater de rire.

Virgil bondit de sa chaise comme si quelqu'un lui avait tiré dessus.

« Kathy, mais qu'est-ce qui se passe ? dit-il. Tu es venue ici comme ça ? »

Il la conduisit jusque sur le parking, la fit monter à l'avant de leur Nash puis roula jusqu'à Bench Street. Il la déposa devant leur maison, sans dire un mot.

On était en septembre 1948. Ils étaient mariés depuis trois mois, se connaissaient depuis moins de quatre mois.

Le lendemain matin, Kathleen écrivit une lettre à Billy. Elle espérait qu'il habitait toujours à la même adresse à Wilmington. Elle lui dit qu'elle avait terminé ses études, épousé Virgil, et s'était installée à Rhode Island. Elle avait gardé tous les livres qu'il lui avait envoyés depuis la fac, écrivit-elle, et jouait toujours au tennis quand elle pouvait, mais ne faisait plus de compétitions. Elle ne l'avait pas oublié, disait-elle, et espérait qu'ils pourraient se revoir bientôt. Elle s'interrompit un moment puis écrivit sans la moindre hésitation : *Virgil rentre tard du travail les mercredis et jeudis.*

Ce n'était pas une longue missive, et elle ne donnait pas son numéro de téléphone, mais Billy verrait sa nouvelle adresse au dos de l'enveloppe quand il la recevrait.

À la seconde où la lettre quitta ses mains pour glisser dans la fente de la boîte de la poste, Kathleen sut ce qui allait se passer, et elle ne fut nullement surprise quand, en fin de matinée le mercredi de la semaine suivante, une voiture inconnue se gara devant leur maison.

Kathleen sortit précipitamment de sa chambre et ôta son déshabillé. Elle enfila une robe verte achetée récemment avec un décolleté carré légèrement évasé.

Quand on sonna à la porte, elle se regarda dans le miroir puis alla ouvrir en se tenant bien droite.

Cela faisait six ans. Kathleen venait juste d'avoir vingt-deux ans et ne pouvait qu'imaginer l'impression qu'elle lui ferait. Billy Blasko, quant à lui, avait changé du tout au tout. Il portait un costume. Là, sur le seuil, se trouvaient les sourcils dont elle se souvenait, avec les mêmes yeux enfoncés, mais son expression triste avait cimenté son austérité, et sa tignasse avait disparu. Des cheveux courts. C'était un Américain. Alors qu'ils se regardaient, Kathleen rougit, furieuse contre elle-même pour une raison inconnue – peut-être le fait d'avoir attendu si longtemps de le revoir –, et elle paniqua un moment, elle songea que c'était une très mauvaise idée, que si ça se trouvait, elle ne connaissait pas du tout cet homme, mais Billy tendit alors une main et la posa sur son épaule. Il fit glisser sa paume le long de son bras exactement comme il l'avait fait le premier jour où il l'avait embrassée, et Kathleen fut soudain frappée en découvrant que les mains de Virgil avaient toujours remonté le long de son corps alors que celles de Billy l'avaient toujours descendu, et en cet instant elle sut ce qu'elle préférait.

Kathleen l'invita à entrer dans le salon. Elle lui montra l'étagère de livres près de la cheminée où elle rangeait tous les ouvrages qu'il lui envoyait.

Billy ne regarda pas les livres. « Je suis là », dit-il, et il l'entraîna sur le canapé.

Sans se le dire, chacun s'assit en comprenant que le récent mariage de Kathleen était tout simplement une erreur. Kathleen ne demanda pas à Billy s'il était marié, mais elle ne vit aucune alliance à sa main. Elle se demanda s'il avait pu la retirer. Il avait perdu toute sa famille pendant la guerre, dit-il. Elena et Ana. Leurs parents. Leurs grands-parents. Les cousins. Tous étaient morts. « Les miens aussi, dit Kathleen. Ma famille est morte. » Le pont de sa ville natale, dont il lui avait parlé, celui détruit par les bombardements puis reconstruit, avait été de nouveau détruit. Cette fois-ci, personne ne savait quand il serait reconstruit, ni s'il le serait.

Billy Blasko resta jusqu'à quatre heures de l'après-midi. Ils n'avaient guère de temps devant eux, mais c'était suffisant, car tous deux savaient ce que signifiait le fait qu'il soit venu la voir.

À l'été 1842, Billy avait appris à Kathleen un ultime geste au tennis. Il l'appelait le « Most ». En tchèque, dit-il, le mot *most* signifiait « pont ». Puis il lui demanda ce que faisait un pont.

« Je sais ce que c'est qu'un pont, ballot, dit-elle.

— Ce n'est pas ce que j'ai demandé. Que fait un pont ? »

Kathleen le regarda fixement. « Il passe au-dessus de l'eau.

— Un pont est un passage, oui, dit-il, mais c'est également un piège. »

Il lui dit de prendre sa raquette.

Des gens s'étaient retrouvés piégés sur le pont quand ce dernier avait été détruit, lui avait dit le père de Billy. Des gens qui étaient morts alors qu'ils rentraient chez eux. En leur honneur, il avait inventé cette manœuvre au tennis. On ne pouvait pas y recourir souvent, dit Billy, parce que si on le faisait trop fréquemment, elle risquait d'être copiée ou anticipée, mais une fois effectué, le Most avait valu à Petr Blaško la victoire à chaque match.

Billy dit à Kathleen de se tenir au milieu de la ligne de fond, puis il contourna le terrain pour aller de l'autre côté. Ils s'envoyèrent des volées.

Alors qu'il jouait, tout fut normal pendant quelques minutes. Mais progressivement, Kathleen sentit que Billy diminuait la longueur de ses coups. Il coupait ses balles, l'obligeant à se rapprocher du filet tandis qu'elle se concentrait sur la balle, et soudain elle fut prise au piège. « Nous sommes sur le pont ! » cria-t-il, et alors qu'ils n'étaient plus distants que de quelques mètres en constante volée, le filet soudain immense entre eux, Billy lui demanda si elle était prête. Elle acquiesça.

« La bombe va bientôt exploser », dit-il, et il inclina sa raquette d'une drôle de façon.

La balle fusa vers elle, puissante et véloce, et Kathleen s'aperçut que son bras ne pouvait pas bouger dans la direction qu'elle voulait. Elle réussit à renvoyer la balle, et Billy, anticipant la direction, la sliça.

La balle partit hors d'atteinte, atterrissant intelligemment dans le carré de service gauche de Kathleen.

Kathleen avait recouru au Most avec parcimonie. Seulement quand c'était nécessaire. C'est ce qui lui avait valu la victoire lors des derniers tournois de 1947 et 1948, et, cette après-midi-là, alors que Billy abaissait la fermeture éclair de sa robe sur le nouveau canapé de son salon à Pawtucket, glissait ses mains chaudes le long de son dos, elle comprit ce qui se passait vraiment : en suivant Billy Blasko là où il comptait aller, il y avait une chance pour qu'elle ne rentre plus jamais, ou ne puisse plus jamais rentrer chez elle.

7

ARTIE WOOZ GAGNA, BIEN SÛR. Wooz gagnait presque tous les dimanches, et en général Virgil s'en fichait royalement. Ce qu'il aimait dans le golf, c'était que peu importait apparemment qui gagnait ; l'important, c'était d'être dehors au soleil, à se détendre. Mais cette fois-ci, les collègues de Wooz lui donnèrent des tapes dans le dos en en faisant des tonnes. « Quand Porter sera plus là », dit à voix basse l'ami de Wooz venant de Yale, et Virgil fut franchement dégoûté par la façon dont le type fit mine d'étrangler quelqu'un en clignant de l'œil.

À part ça, tous ne parlaient que de *Spoutnik 2*. Le type de DuPont qui jouait avec Lou Porter annonça à ses collègues qu'il avait été approché pour travailler sur le programme spatial américain. Leur premier laboratoire de recherche et de développement industriel était déjà sur pied, et fabriquait des fusées américaines pour envoyer un Américain dans l'espace. Les autres rétorquèrent : qui ne voudrait pas d'une assurance-vie alors que les Russes venaient juste d'envoyer une demi-tonne de métal dans l'espace ?

Virgil pensa alors au parking. Ce matin, dans sa précipitation, il avait oublié de vérifier que le coffre de la Bluebird était bien fermé à clé.

Les agents d'Equitable recevaient souvent des petits cadeaux de la part de leurs clients, des trousses de toilette ou des billets de cinéma, mais comme Virgil n'avait pas encore signé un seul client il avait été surpris, deux jours plus tôt, quand Alice Beth, leur secrétaire âgée de vingt ans, l'avait appelé pour lui dire qu'il devait venir réceptionner un colis. Il se rendit à l'accueil, où le facteur lui tendit un long étui noir.

« C'est quoi ? » demanda Alice Beth.

Il lui dit qu'il n'en savait rien. Il ouvrit l'étui en question.

Un saxophone brillait comme une sorte de relique.

Alice Beth joignit les mains d'une façon qui mit mal à l'aise Virgil. « Oooooh ! s'exclama-t-elle. Vous en jouez ? »

Adolescent, au cours des années qui suivirent la mort de Bitsy, Virgil avait continué de faire ce qu'il faisait toujours à Monterey : pêcher, nager. La plupart du temps, il ne faisait rien du tout. Ses sœurs, Sarah, Rose et Irenie, s'occupaient des courses, de la cuisine et du ménage, et il n'avait à penser à aucune de ces choses. Du fait de son physique, tout le monde supposait qu'il était un surfeur (la seule fois où Virgil avait essayé de surfer, il était tombé de la planche au bout de dix secondes, avait été roulé par une vague et bu tellement d'eau de mer qu'il avait été malade pendant deux jours) – mais il aimait bien étendre une couverture sur la plage de Del Monte et regarder les surfeurs glisser et fendre les flots. Le samedi soir, il réunissait trente-cinq *cents* et allait au cinéma.

Au début du mois de mai 1944, juste avant de partir en Italie, Virgil alla voir *Hantise*, le nouveau film avec Ingrid Bergman, au Golden State Theatre, dans Alvarado. Il avait très envie de découvrir les dessins animés qui passaient avant (*Daffy Duck* était son préféré), mais quand il arriva au cinéma la séance avait été annulée. Au lieu de ça se produisait un quatuor de be-bop avec au saxo Charlie Parker.

N'ayant rien à faire de spécial, Virgil décida de rester.

La salle était immense, avec un vaste hall et un balcon, elle pouvait accueillir plus d'un millier de personnes. Virgil compta au moins une quarantaine de spectateurs qui fumaient des cigarettes avant que les lumières s'éteignent, puis un unique spot fut allumé, qui suivit les musiciens alors que ceux-ci avançaient jusqu'au centre de la scène.

Il y avait Charlie Parker au saxo et Dizzy Gillespie à la trompette. Virgil ne retint pas les noms de ceux qui jouaient de la basse et du piano.

Charlie Parker portait un smoking à rayures bleues et blanches, une cravate à pois rouges, et une chaîne en or autour du cou. Le présentateur blanc s'avança vers le micro et expliqua au public qu'en raison de la grève actuelle des musiciens contre les maisons de disques la session ne serait pas enregistrée. Ce que le public allait entendre, dit-il, serait une « chose unique », et il répéta : ce qu'ils entendraient ce soir ne serait plus jamais entendu. Est-ce que tout le monde comprenait ? L'homme avait à peine fini de parler que la musique commença. Virgil vit des gens dans la salle qui fermaient les yeux, aussi ferma-t-il les yeux.

Le son – comment expliquer une telle chose ? Virgil n'arrivait pas à croire qu'il s'était écoulé deux heures quand la musique cessa, et que le présentateur revint sur scène.

Il s'approcha du micro et demanda à Charlie Parker d'où lui venait un tel talent.

« Ne jouez pas du saxophone, laissez-le jouer en vous », dit Charlie Parker, et Virgil décida, sur-le-champ, qu'une fois rentré d'Europe – si jamais il rentrait – il irait à la fac étudier le saxophone. Pour cela, il allait devoir faire preuve de discipline : quitter Monterey et laisser sa défunte mère loin derrière lui. Il irait à l'est. Quelque part près de New York, espérait-il.

Il se pencha vers un type assis près de lui dans la salle et testa un mensonge : « Je joue du saxophone », dit-il.

Là, debout devant la réception de l'Equitable Insurance Company de Wilmington, Virgil prit l'instrument entre ses mains. Il n'en avait encore jamais tenu avant, et il le trouva lourd. Il referma ses lèvres autour de l'embout et sentit l'étrange minceur de la ligature. L'anche pressa sa lèvre inférieure contre ses dents. Il eut l'impression d'être chez le médecin, et qu'on prenait sa température avec un thermomètre en or géant. Il posa une main dans l'étui et caressa le velours avec la paume.

« Non, dit-il à Alice Beth. Non, je n'en joue pas.

— Alors il va vous falloir apprendre », dit Alice Beth, qui se remit à taper à la machine.

Virgil emporta le saxophone dans son bureau et le posa sur sa table. Il le regarda longuement. Puis il s'en empara de nouveau, positionna l'embout dans sa bouche et essaya de produire un son. De l'air chaud traversa l'instrument et fit gonfler le pavillon, diffusant une odeur de gaz. L'anche était sèche et déposa un goût chimique sur sa langue. Gêné, Virgil reposa l'instrument dans son étui. Il ne savait même pas souffler dedans.

Ce n'était pas un cadeau émanant d'un client, et ça ne venait certainement pas de Kathleen, mais toutes ces heures passées au Crooly's ? Tous les hommes présents là-bas avaient confié aux serveuses leurs rêves.

Virgil ne savait pas trop ce qu'il avait pu raconter à Little Mo, mais pendant des années, assis au bar, il avait exprimé ouvertement, avec une assurance alcoolisée, son souhait de retourner un jour à Monterey, de se trouver une petite bicoque quelque part au bord de l'océan, et de ne faire que jouer du saxophone. Qu'est-ce qui *empêchait* un homme de ne faire que jouer du saxo et *d'être lui-même, d'être libre*, avait-il dit. Après tout, ça avait marché pour Charlie Parker.

Quand il dit tout ça à Little Mo, elle lui donna un coup de poing dans l'épaule. « Bird est mort, idiot. »

Virgil la regarda, choqué. « Quoi ? Comment ?

— Overdose, à ce qu'il paraît, répondit Little Mo. Ça fait déjà deux ans. »

Virgil commanda un double whiskey et quitta le bar profondément affligé. Il n'arrivait pas à croire qu'il avait ignoré une telle chose et il était bêtement contrarié que personne ne le lui ait dit. Il traversa l'arrière-salle, passa devant la table de billard célèbre pour être penchée et le vieux canapé en cuir, puis sortit par la porte de service du Crooly's pour aller prendre le frais sur le seuil. Il était inconsolable et voulait garder ce sentiment pour lui, mais Little Mo le rejoignit. Elle passa un bras autour de ses épaules et appuya sa tête contre son cou. Elle l'embrassa.

Plus tard ce soir-là, sur le canapé, après qu'ils eurent couché ensemble, Virgil fit quelque chose de spontané. C'était stupide, franchement, et tout sauf sérieux, mais il demanda à Little Mo de lui promettre qu'elle retournerait avec lui en Californie. Ça pourrait prendre du temps, dit-il, mais il penserait à elle tous les jours jusqu'à ce que ça soit possible. Pour rire, alors qu'ils étaient allongés ensemble, leurs membres nus emmêlés, il prit une des petites mains de Little Mo et, avec un accent anglais sentimental sorti de nulle part, dit : « Voulez-vous m'épouser, Miss Imogene Monson ? »

Elle lui répondit qu'elle l'épouserait quand il voudrait.

Il rit, embrassa ses phalanges. « Mais d'abord, dit-il en souriant, je dois apprendre à jouer du saxo. »

Assis à son bureau, Virgil examina l'étui. Il avait entendu parler des Martin. Il avait entendu parler des Selmer et des Conn – Charlie Parker avait joué avec un Conn. Le saxophone que Little Mo lui avait envoyé était un Jolly Frank, avec comme logo un coq souriant gravé sur le pavillon. Il n'était pas neuf et en le regardant de près Virgil vit qu'il n'était pas en très bon état. Il n'avait pas dû coûter cher, mais une belle somme, néanmoins, pour une serveuse. Il allait devoir soit le lui retourner soit trouver le moyen de la rembourser, car Virgil Beckett savait très bien ce que signifierait le fait de le garder. Little Mo pouvait faire quelque chose d'imprudent. Elle pouvait l'appeler chez lui. Venir chez lui.

Little Mo vivait à Pawtucket, et Kathleen à Newark, mais les deux villes n'étaient pas assez distantes pour qu'il soit rassuré.

Virgil referma sèchement l'étui et l'emporta jusqu'à la Bluebird. Il ouvrit le coffre. Il laisserait le saxophone dans le coffre tout le week-end, se dit-il, ou jusqu'à ce qu'il sache quoi en faire, et c'est donc là que se trouvait le saxophone quand il conduisit les garçons à l'église ce matin-là, et pendant qu'il jouait au golf à Louviers.

Dès que le voiturier lui eut rapporté sa voiture, Virgil vérifia le coffre et fut soulagé de découvrir qu'il n'avait pas oublié de le fermer à clé, finalement. Il dit au revoir sans serrer de mains, sans même se changer. Il fut le premier à partir. Il n'était que quatre heures mais on aurait dit qu'il était beaucoup plus tard. Il ignorait ce que Kathleen allait faire à dîner, mais ça lui était égal. Virgil s'aperçut qu'il avait hâte d'être à la fin de la journée : Kathleen allait apporter à Mrs Donovan son repas, elle ferait à manger aux garçons, puis tous deux dîneraient seuls pendant que leurs fils regardaient la télé. Après ça, pendant que Kathy débarrasserait, Virgil enlèverait ses chaussures, s'allongerait sur le canapé et regarderait la télé avec eux. Parfois, Nicholas grimpait sur lui et s'endormait sur sa poitrine.

Virgil se gara sous l'auvent d'Acropolis Place et coupa le moteur. Il laisserait son sac de golf dans le coffre, se dit-il, pour monter voir si tout le monde allait bien, mais il jeta alors un coup d'œil à la piscine et vit la serviette bleue. Elle n'avait pas bougé, elle gisait toujours près de la bâche. La tête de sa femme reposait sur une de ses épaules levées.

Kathleen était encore dans l'eau.

Le soleil avait entre-temps survolé presque tout le pentagone des appartements. L'ombre recouvrait une bonne partie du jardin et de la piscine. Virgil ouvrit la portière et sortit de la voiture.

« Kathy ! » s'écria-t-il.

Elle ne se retourna pas pour le regarder et dit : « Tu es rentré. »

Virgil marcha jusqu'au bord de la piscine. Il baissa les yeux vers sa femme. « Qu'est-ce qui se passe ? Qu'est-ce que tu fabriques ? »

Les cheveux de Kathleen s'étaient disposés autour de son visage en un fin voilage. Sa peau avait pâli depuis le matin, était gonflée. Son visage et ses épaules étaient enflés. Virgil la vit faire un drôle de truc : elle cala la base de son crâne pour qu'elle repose contre le rebord, puis, se servant de sa nuque comme point d'appui, elle leva tout le poids de son corps, qui s'allongea soudain à la surface de la piscine tel un cadavre qui flotte.

« Qu'est-ce que tu veux dire ? demanda-t-elle.

— Kathy, bon sang, tu es restée là-dedans tout ce temps ? Où sont les garçons ?

— Ils sont chez Cosmo. »

Virgil se laissa tomber à côté d'elle. Il agrippa le rebord de la piscine. « Bon sang, Kathleen. Ma chérie. Tu dois vraiment sortir de là.

— Je suis très bien ici, dit-elle. À merveille, en fait. Je me demande pourquoi on n'utilise pas la piscine – c'est franchement idéal. »

Kathleen roula son corps d'un côté puis de l'autre, créant de petites vagues. « J'ai oublié de te dire. Ton père a appelé tout à l'heure. »

Au-dessus d'eux, derrière les baies vitrées, des gens allumaient les lumières dans leurs appartements, buvaient des cocktails, préparaient le dîner. Une télé était déjà allumée au 10B. Au 3C, Mrs. Donovan avait cessé de regarder la piscine, mais sa silhouette passait lentement du salon à la cuisine, puis de la cuisine au salon. Depuis le 1A, l'appart de Cosmo, il entendit Nicholas se disputer avec un des gosses

Parousia pour savoir qui étaient les meilleurs, les Russes ou les Américains.

« Entendu, je reviens tout de suite, dit-il. Je vais le rappeler.

— Comme tu veux », dit Kathleen.

Virgil retourna à la Bluebird, récupéra son sac sur la banquette arrière, puis monta vite les marches jusqu'au 14B et entra dans l'appartement. Il décrocha le combiné et mit un doigt dans un trou du cadran. Il connaissait par cœur le numéro en Californie. Le dimanche, il parlait souvent avec son père pendant que Kathleen préparait à manger. Tout ce que voulait Coke Beckett, c'était avoir quelqu'un à qui raconter des histoires, et Virgil s'efforçait de lui faire ce plaisir le plus souvent possible, mais il avait également accepté le fait que, à mesure que son père vieillissait, ses récits changeaient.

Virgil ne doutait pas que Coke se soit battu pendant la Grande Guerre, mais un jour il disait avoir trouvé sur la route un pied tranché et carbonisé encore dans sa chaussure, et après, c'était un bras, sectionné au niveau du coude, avec encore la main dans un gant. Coke avait vu un chat manger les intestins à même le torse éventré d'un soldat, disait-il. Puis le chat devenait deux coyotes, se disputant le cœur sanglant et gros comme un poing d'un soldat. Coke disait qu'il s'était retrouvé face à face avec un Allemand, chacun baïonnette à la main, mais Coke avait été le plus rapide, et avait enfoncé sa baïonnette dans le flanc du type, en la tournant jusqu'à ce que le foie violet apparaisse. La semaine suivante, il déclarait qu'il ne s'était jamais servi d'une baïonnette. Il n'en avait jamais eu besoin. La seule fois où il avait tué un homme, disait-il, il s'était servi de

« ça », et il brandissait ses mains tordues et arthritiques. Coke avait des dizaines d'histoires, et Virgil ne savait pas si elles changeaient parce que c'était des mensonges ou parce que c'était des vérités.

Après la mort de Bitsy, quand Virgil se rendit à la bibliothèque de Monterey pour se renseigner sur Moïse, il avait également interrogé la bibliothécaire sur le film de son père, *The Dubious Few*. Il s'était dit qu'il aimerait bien le voir. La bibliothécaire alla faire des recherches dans les catalogues. Il n'y avait aucune trace. Mais ça ne voulait pas dire que le film en question n'existait pas.

Virgil entendit Coke décrocher le téléphone. « Papa, dit-il. C'est moi. Kathleen m'a dit que tu avais appelé.

— Je n'ai appelé personne. Elle est là ? Dans la pièce ? »

Virgil coinça le combiné entre son cou et son épaule, et tira le fil jusqu'à la cuisine. Pour la deuxième fois aujourd'hui, il attrapa la flasque de White Colonel. Tout en sifflant une bonne gorgée qu'il pensait mériter, il regarda par la fenêtre de la cuisine les derniers rayons du soleil glisser sur le toit du pentagone, laissant la piscine de Kathleen dans l'obscurité.

« Tu n'as pas appelé ? dit-il. Kathleen dit que tu as appelé.

— Cette femme est une menteuse.

— Mais qu'est-ce que tu racontes, papa ? »

Son père toussa. « T'es au courant. Ils en ont envoyé un autre là-haut. Ils ont mis un chien dedans.

— J'ai appris ça, oui, dit Virgil.

— Tu crois que je débloque.

— Personne ne pense ça, dit Virgil, et il l'entendit farfouiller dans des papiers. Papa.

— Au moins j'ai épousé une femme qui m'aimait, dit Coke. J'ai su à la seconde où j'ai vu ce gosse. Je le savais !

— Savais quoi ?

— Ce n'est pas ton fils », dit son père.

Virgil posa son verre sur le comptoir. « Mais de quoi tu parles, Colson ?

— J'ai la preuve là, sous les yeux ! J'ai récupéré les tests sanguins. J'ai les résultats de son groupe sanguin. Nathaniel est A et tu es B. Ce garçon n'est pas ton fils.

— Papa, dit Virgil en secouant la tête. Je ne crois pas que ça marche comme ça. Tu dis n'importe quoi.

— Demande-lui ! Elle doit être AB, or AB est très rare. Presque personne n'est AB. Demande-lui quel est son groupe sanguin, puis rappelle-moi.

— Attends… »

Coke rit. « Ce n'est pas moi qui dis n'importe quoi. J'ai épousé une honnête femme !

— Papa ! »

Il n'était plus là.

Virgil entendit la tonalité, puis raccrocha et pensa : *Bon sang*. Coke n'avait jamais été fan de Kathleen, et Virgil n'avait jamais compris pourquoi. Il avait cru d'abord que c'était dû à son physique – Kathleen Lovelace, son père le lui rappelait souvent, n'était pas Bitsy Beckett – mais ce n'était pas ça. Quand Nathaniel était né, et bien que Coke eût déjà fait le trajet l'année précédente pour assister au mariage, son père traversa le pays pour aller à Pawtucket voir le bébé. La dispute commença le premier soir de son arrivée à Bench Street et ne cessa qu'avec son départ. Coke critiquait Kathleen à tout propros. Les plats qu'elle servait, la tenue de la maison. Une fois, après qu'il s'était plaint que son riz au lait était trop liquide, Virgil attrapa son père par le poignet et lui dit : « Colson Beckett, si tu ne la fermes pas, je vais te demander de partir et de ne pas revenir. »

Coke avait regardé son bras puis son fils. Ses lèvres avaient dessiné une ligne. « Mets de l'ordre dans ton foyer », siffla-t-il.

Virgil, qui n'était pas allé une seule fois au Crooly's pendant le séjour de son père, se creusa les méninges, se demandant comment son père pouvait savoir. Toutes ces filles. Bizarrement, il était au courant, et dans ce cas, Virgil trouva profondément injuste de la part de Coke de mentionner tout ça, les flirts – si on appelait ça comme ça –, à sa femme.

Après le départ de Coke, Kathleen et lui furent tellement soulagés que Virgil oublia de se demander ce qui avait pu le mettre hors de lui.

Il était presque quatre heures et demie. Le soir était tombé en fin d'après-midi, comme c'était toujours le cas en novembre, et Virgil alla sur le balcon. Dans la piscine obscure en dessous, Kathleen nageait. Virgil la vit faire quelques longueurs. Ses garçons n'étaient pas en vue. Il n'avait pas épousé la mauvaise femme, se dit-il ; c'est elle qui avait épousé le mauvais homme. Virgil Beckett s'était laissé happer par un travail qui l'avait presque détruit. Avait couché avec presque toutes les femmes qui le désiraient.

Il était faux de penser que les hommes beaux ne s'intéressaient qu'aux femmes belles : Virgil Beckett n'était pas du tout difficile. Le sexe, pour lui, était un acte de vanité, et alors qu'il regardait Kathleen nager, il comprit avec une clarté choquante qu'il aurait pu, et aurait sûrement dû, épouser une autre femme très facilement.

Ce n'était pas une question de bien ou de mal : un type aussi beau que Virgil était condamné à ne pas trouver son équivalent féminin. C'était différent pour sa mère ; Bitsy avait dû savoir très jeune que sa beauté serait son seul atout dans la vie, et ce pour des raisons qui restaient mystérieuses pour Virgil. Colson Beckett, qui avait aimé sa femme évaporée et stupéfiante jusqu'au jour où elle avait marché devant un bus, avait été jugé digne de recevoir ladite beauté. Un homme n'avait pas besoin d'être beau pour qu'une femme belle soit digne de lui, mais les règles avaient changé pour Virgil : on pouvait vraiment être *trop mignon* en tant qu'homme. La pauvre femme qui accepterait de l'épouser aurait toute sa vie le sentiment de n'être pas *au niveau*. Virgil le percevait de plus en plus chez Kathleen. La chose ne lui avait pas échappé, la façon dont elle cachait son corps quand ils se changeaient dans la chambre. Le filet de l'âge, tous deux le savaient, l'avait prise dans ses rets. Ses hanches, sa taille et son visage s'étalaient. Mais l'élargissement de Kathleen était vraiment quelque chose dont Virgil n'avait cure. C'était la façon dont elle regardait son corps à lui avec mépris, avec jalousie, qu'il n'aimait pas. Il se pencha au balcon. « Coke dit qu'il n'a jamais appelé, lança-t-il.

— Oh que si, il a appelé », répliqua Kathleen, alors que Nicholas et Nathaniel jaillissaient de la porte du 1A et fonçaient vers l'escalier.

C'était presque l'heure du dîner. Par les fenêtres ouvertes des autres appartements, des effluves de poulet rôti et de côtelettes de porc se répandaient dans le pentagone. Quelqu'un préparait un repas. Virgil se demanda si Kathleen avait l'intention de sortir de la piscine pour s'occuper du repas, ou s'ils allaient devoir dîner dehors.

La famille Beckett était allée dîner une fois à New York chez Mr Chop Stick, un restaurant chinois où il n'y avait rien de chinois, avait dit Kathleen, à part les serveurs avec leurs sourires horriblement faux. Ils mettaient du sucre partout, et Nicholas avait découvert ce qu'il crut être une patte de poulet dans son Lo mein et refusé d'y retourner. La seule autre option pas très loin était le Rudy's Drive-Up, un endroit qui méritait à peine le nom de restaurant. Des serveuses se déplaçaient en rollers jusqu'à votre voiture et prenaient votre commande, et vous mangiez des trucs frits sur un plateau. L'endroit était bondé d'adolescents.

Nicholas et Nathaniel ouvrirent la porte du 14B et allèrent se planter directement devant la télé sans adresser la parole à leur père. Ils allumèrent le poste.

« On n'a pas encore mangé. C'est pas une bonne idée, non ? dit Virgil.

— On regarde *Vous l'avez bien cherché* », dit Nicholas, comme s'il obéissait à la seule loi en vigueur ici-bas.

Virgil n'aimait pas cette émission, où les spectateurs écrivaient pour demander des rediffusions. Il était loin d'être prude, mais il avait surpris les garçons la semaine dernière en train de regarder des mannequins en bikini qui faisaient des maths, et il avait trouvé ça indécent. C'était bizarre ; il s'était dit qu'on n'aurait pas eu cette impression si on avait vu cela en vrai. Il y avait quelque chose dans la télévision qui la rendait indécente.

« Je vais aller parler à votre mère, leur dit-il. Ne bougez pas. »

Les garçons, à plat ventre sur le tapis, le nez à quelques centimètres de l'écran de télé, ne comptaient pas bouger.

Nicholas et Nathaniel semblaient tous deux aimer Newark, ce qui rendait Virgil heureux. L'école était mieux que celle d'avant, et proposait des sports plus intéressants. Ses deux fils étaient sérieux et organisés dans leurs jeux, comme jamais Virgil ne l'avait été. Nicholas, bien que petit, avait la carrure avantageuse, et Virgil pouvait l'imaginer faire un jour de la lutte, si ça le tentait. Il ignorait ce que ferait Nathaniel, mais il savait que son fils aîné l'aimait, et parfois l'admirait. Personne d'autre dans la maison n'appréciait sa musique, mais chaque fois qu'il s'allongeait sur le canapé pour écouter du jazz le garçon s'installait à l'autre bout et posait un livre sur les pieds de son père.

Virgil observait Nathaniel, de dos, en train de regarder la télé. Il serait grand plus tard, comme Kathleen. Les mollets fins du gamin de huit ans commençaient déjà à s'étoffer. Ses cheveux châtains formaient un petit tas au sommet de sa tête. Virgil ne comprenait pas pourquoi Coke pensait une telle chose. Nicholas avait toujours ressemblé à Bitsy, et Nathaniel avait toujours ressemblé à Kathleen.

La démence sénile, pensa Virgil avec angoisse, et il chassa de son esprit l'image du corps de Donald Frazier Sr. avachi sur la souche d'arbre. « Un ballon argenté, avait dit le vieil homme. Vous regarderez le ciel, et il sera là. »

8

« **ACROPOLIS PLACE APARTMENTS**, avait lu Kathleen Beckett dans la brochure. Un foyer de rêve sur une colline ! Le foyer *moderne* de la famille moderne ! » Et dedans il y avait des images en couleurs d'une famille blanche et détendue : le papa, pipe au bec, assis sur le canapé avec un journal déplié sur ses genoux comme une couverture – deux enfants, un garçon et une fille, qui jouaient à ses pieds – et la maman, perchée confortablement sur un des accoudoirs, les surveillant avec un sourire convivial. Derrière elle, une cuisine flambant neuve proposant « un plan de travail et de l'espace de rangement appréciables pour la préparation du repas », et en arrière-plan, derrière la baie vitrée, de jeunes voisins faisaient signe depuis leurs balcons en fer forgé, des voitures flambant neuves avec de longs ailerons étaient garées sous des auvents métalliques flambant neufs, et au centre de tout ça, entouré d'herbe, un étroit sentier de béton menait à une piscine d'un bleu turquoise en forme de haricot.

Acropolis Place, pensa Kathleen tandis que les heures s'écoulaient. Comment aurait-elle pu savoir qu'il s'agissait d'une résidence miteuse pleine de personnes âgées ? Le jour de leur arrivée, alors qu'ils trimballaient leurs affaires, ils avaient croisé une ambulance venue prendre deux gentils octogénaires qui avaient fait une chute. Dès l'instant où Kathleen entra dans le 14B et contempla la triste kitchenette, la moquette verte avec une tache près de la cheminée, elle eut le sentiment, et fut sans doute la seule à l'avoir, que la mort était désormais partout autour d'eux.

La seule bonne nouvelle, c'était la piscine. Tout le monde avait été excité à l'idée de s'y baigner. Le jour de leur arrivée, les garçons s'étaient postés sur le balcon et l'avaient montrée du doigt en demandant à leur mère quand est-ce qu'ils pourraient y nager.

Mais la piscine était bâchée, fermée pour l'hiver.

Kathleen contacta ses amies de fac qui étaient restées dans le coin et vivaient toutes à Yorktowne. Patricia dit qu'elle essaierait de passer voir Kathleen et Virgil dès qu'elle le pourrait, mais Acropolis Place était – si Kathleen ne lui en voulait pas – « plutôt très à l'écart ». Quand Kathleen proposa à ses anciennes amies de les retrouver sur le campus, Patricia émit un léger grognement. Kathleen reconnaîtrait à peine l'endroit, dit-elle. L'université du Delaware avait mis fin à la ségrégation – elle n'était pas au courant ?

Kathleen faillit lui raccrocher au nez.

Virgil proposa néanmoins de se rendre sur le campus, « en souvenir du bon vieux temps », ils y allèrent donc et montrèrent à Nicholas et Nathaniel la pelouse où les étudiants lisaient et faisaient du vélo, la bibliothèque où papa et maman s'étaient rencontrés, et où Kathleen fut navrée de voir que sa photo trônait encore. N'y avait-il pas eu de femmes remarquables depuis 1948 ? Ils montrèrent aux garçons la résidence universitaire, où les filles risquaient l'expulsion si le ménage n'était pas fait dans leur chambre, et bien sûr les courts de tennis, où maman avait remporté le tournoi deux ans d'affilée.

Les garçons étaient fatigués. Ils avaient assez entendu parler de tennis comme ça. La famille s'arrêta sur le chemin du retour pour prendre des glaces. Nicholas exprima l'envie d'avoir un vélo.

Pendant tout le mois de juin et jusqu'en juillet, la piscine demeura bâchée. Le jardinier tondit la pelouse dans la petite cour mais évita d'entretenir les bords de la piscine et, alors que l'été s'étirait, l'herbe poussa tout autour du bassin. Kathleen se dit qu'elle aurait dû se douter de quelque chose en entendant les mots bizarres qu'avait utilisés le gérant pour mettre en valeur la piscine dans la brochure (*Rafraîchissante ! Enchanteresse !*), mais quand elle rechercha d'autres lieux où s'installer provisoirement dans la région, Acropolis Place s'avéra la seule option. Ils firent comme si c'était à Kathleen de choisir un endroit, puisque Virgil avait trouvé Bench Street, mais franchement ils n'avaient pas le choix Virgil avait démissionné. La maison de Pawtucket se vendit à peu près au prix qu'il l'avait payée dix ans plus tôt. C'était dans leurs moyens.

Kathleen se dit qu'elle n'avait rien fait concernant la piscine car elle avait supposé tout l'été que la situation était, en fait, provisoire, qu'ils trouveraient une maison à Wilmington d'ici l'automne. Et puis il y avait eu le voyage en Californie. Ce n'est donc que fin août qu'elle regarda, depuis la baie vitrée de son balcon, la piscine couverte et comprit qu'ils allaient rester dans l'appartement 14B beaucoup plus de temps que ne l'avait promis Virgil.

Kathleen ne savait pas ce qui se passait à Equitable Insurance, mais elle avait cessé depuis longtemps de parler à Virgil de son travail. Quant aux garçons, qui avaient mené sans relâche campagne pendant l'été pour nager dans la piscine, ils renoncèrent à se plaindre quand ils revinrent de Californie et que l'école reprit.

Nicholas, qui était du genre à inventer des histoires, à affabuler, revint à la maison le premier jour d'école, tout à coup épris de vérité : il annonça à sa mère que Nathaniel et lui détestaient Acropolis Place, et qu'ils *détestaient* la piscine, et que même si cette stupide piscine rouvrait, ils avaient juré par principe de ne pas s'y baigner. Il y avait une meilleure piscine, plus grande, à leur école, dit-il, et c'est là que nageaient les autres enfants. La petite piscine en forme de haricot était pour les vieux, déclara Nicholas, et c'est alors que Kathleen décida, enfin, d'en savoir plus sur cette histoire de piscine.

Elle descendit dans la cour et essaya d'ôter elle-même la bâche. Cette dernière était ridiculement lourde. Elle alla donc au 1A pour parler au proprio. Quand elle frappa à la porte, Cosmo Parousia Jr. répondit aussitôt.

« Bonjour, Mrs Beckett, dit-il. Que puis-je faire pour vous ? »

Il était né à Thessalonique en 1918, ainsi qu'il l'avait expliqué à Virgil et Kathleen quand ces derniers avaient signé le contrat de location, et il y avait vécu pendant quinze ans avant que son père décide de s'installer à New York en 1933 avec toute sa famille. À la suite d'une erreur linguistique, ils avaient pris un bus à la station de l'Hôtel Dixie sur la 42e Rue, à destination de Newark, Delaware.

Si les Parousia paniquèrent en s'apercevant qu'ils quittaient la ville, ça ne dura pas : une fois dans le bus, ils apprirent qu'une importante population d'origine grecque les attendait à Newark. À Wilmington, des restaurants et des pâtisseries tenus par des Grecs bordaient Market Street, et à l'étage d'un de ces commerces se trouvait une école qui enseignait le grec. Le père de Cosmo, Cosmo Sr., qui avait appris par son propre père que tout homme possédant une communauté pouvait réussir, établit rapidement des relations et, très vite, devint une figure clé dans la création de la 95e section de l'Association hellénique éducative et progressive d'Amérique à Wilmington. En 1939, ladite association avait réuni quarante mille dollars pour bâtir une église orthodoxe grecque, et quand elle rassembla plus de cent mille dollars lors d'un important gala de charité qui se tint dans la salle de bal de l'Hôtel DuPont – avec des sommités présentes telles que le gouverneur Richard McMullen et le maire de Wilmington, Walter Bacon –, Cosmo Parousia Sr. leva son verre de champagne et porta un toast galvanisant qui fit une telle impression sur le maire Bacon, lequel se présentait comme gouverneur, que ce dernier aida personnellement Mr Parousia à acquérir un vaste terrain sur une colline au sud-ouest de Newark, sur laquelle il pourrait construire des logements pour des jeunes couples aux revenus modestes, et les aider à débuter dans la vie. Cosmo Sr., bien que n'ayant jamais étudié l'architecture auparavant, s'en remit à Euclide et, quatre ans plus tard, Acropolis Place était bâti et prospérait.

L'immeuble, avait-il dit, aurait l'air grec. Il comportait trois niveaux, et était construit en briques et stuc blanc. Tout le monde avait une cuisine et une cheminée.

Quand Cosmo Sr. prit sa retraite dix ans plus tard à l'âge de soixante-six ans, Cosmo Jr., qui avait été l'assistant de son père toutes ces années durant, reprit la gestion de la résidence.

C'est à lui qu'on devait l'idée d'une piscine au centre du pentagone.

Il avait à présent trente-neuf ans, soit huit ans de plus que Kathleen, et portait une chemisette blanche et un short blanc à taille haute quand il ouvrit la porte.

Peut-être qu'il portait son short aussi haut du fait de sa petite taille, pensa Kathleen. La tête de Cosmo lui arrivait aux épaules. Sous son cou, une touffe de poils noirs explosait au niveau du col, et Kathleen pouvait deviner le reste de ses poils sur son torse en motifs hérissés sous la chemisette. Le visage de Cosmo Jr., lisse et hâlé, paraissait étrange, pensa-t-elle, quand on considérait le reste de sa personne. Combien de temps passait-il à se raser le matin, ça, Kathleen l'ignorait, mais sachant quel calvaire c'était de s'épiler, cela méritait le respect.

« Mr Parousia, dit-elle. Bonjour. Je suis désolée de vous déranger, mais je me demandais pourquoi la piscine était fermée, et ce qu'il faudrait faire pour l'utiliser.

— Je vous en prie. Appelez-moi Cosmo, dit-il, et ses longs cils s'agitèrent.

— Cosmo, dit Kathleen.

— Oui, dit-il. Je suis désolé, mais la piscine est fermée.

— Puis-je savoir pourquoi ? » demanda Kathleen.

Elle brandit la brochure et lui montra la photo de la piscine au centre du pentagone qui leur avait été promise.

Les petites épaules de Cosmo Jr. remontèrent jusqu'à son menton. Il ferma les yeux et respira difficilement, en appuyant ses deux paumes l'une contre l'autre comme pour prier, puis porta la bible de ses mains à ses lèvres. « Il y a deux ans, mon père, il nageait dedans et – je suis au regret de vous le dire, Mrs Beckett – il s'est noyé. »

Kathleen fit un pas en arrière. Elle était horriblement confuse. Bien sûr que la piscine avait été fermée pour une raison précise.

« Oh mon Dieu, dit-elle, et elle toucha son bras. Oh mon Dieu, Mr Parousia. Je suis désolée. J'ignorais complètement.

— J'ai envisagé de rouvrir la piscine, mais ça a pris du temps, comme vous pouvez vous en douter. Personne ne veut nager dedans. Vous êtes la première à demander.

— Je comprends, dit Kathleen. Ne vous en faites pas pour ça. Je suis vraiment, vraiment désolée. »

Elle se tourna aussitôt pour partir, mais Cosmo l'arrêta. « Mrs Beckett, dit-il. Vous avez raison. Ça fait bien trop longtemps. Laissez-moi une semaine, s'il vous plaît. La piscine sera prête. »

Et donc, au cours de la première semaine de septembre, alors que Virgil était au travail et que les garçons avaient repris l'école, Kathleen put voir depuis son balcon un petit groupe de Grecs débarquer pour nettoyer la piscine.

Ces hommes, qui tous avaient des cheveux noirs et brillants comme ceux de Cosmo, paraissaient identiques aux yeux de Kathleen, et elle se demanda accessoirement si c'étaient tous des Parousia. Quels que soient leurs liens, ils travaillèrent silencieusement et efficacement, ne criant que lorsqu'ils retirèrent la vieille bâche, laquelle, une fois dépliée, révéla un envers sacrément moisi. L'eau en dessous n'avait pas été vidée après l'accident, et ce qui restait évoquait un sinistre lagon envahi de feuilles noires et brunes. Des débris mystérieux et gluants tapissaient le bord, et la puanteur se répandit dans toute la résidence pendant deux jours.

Cosmo afficha un mot à l'intention de tous les résidents, leur demandant de laisser leurs fenêtres fermées.

L'équipe de nettoyage apporta des tuyaux d'arrosage, de longues brosses à récurer et un gros arrosoir en métal contenant apparemment une sorte de détergent. Ils passèrent trois jours à récurer l'ensemble jusqu'à ce qu'enfin une surface blanche de béton commence à apparaître. Quand la piscine fut propre et remplie de nouveau, Cosmo installa un filtre à eau tout neuf et commanda une bâche protectrice beige toute neuve à un magasin de Baltimore. Elle était prête.

Le week-end passa. Kathleen ne cessait de regarder dehors pour voir si quelqu'un nageait, mais on aurait dit que les personnes âgées s'étaient toutes habituées à la vie sans la piscine et l'avaient oubliée. Elles avaient peut-être été effrayées par la noyade du vieux Cosmo Parousia et se méfiaient de l'eau, ou alors elles étaient juste perturbées par les nouvelles venues de Little Rock et étaient trop préoccupées pour nager, mais, quand même les fils de Kathleen ne manifestèrent aucun intérêt, elle se sentit coupable. C'était sa faute si Cosmo s'était donné autant de peine, et en outre la famille Beckett ne comptait pas s'éterniser dans la résidence. L'hiver serait là d'ici moins d'un mois.

Le nettoyage de la piscine avait dû être, pensa-t-elle, tellement pénible pour son propriétaire et sa famille, et le lundi après-midi de la semaine suivante Kathleen s'était tellement rongé les sangs qu'elle décida d'aller présenter des excuses. Elle descendit dans la cour et alla frapper au 1A.

Cette fois-ci, il s'écoula quelques minutes et, quand Cosmo ouvrit la porte, il avait l'air d'avoir pleuré.

« Entrez, Mrs Beckett », dit-il.

L'appartement sentait le poivre noir et l'huile de cuisson. Depuis le salon, Kathleen pouvait voir la cuisine des Parousia, où deux grosses bouilloires fumaient sur la gazinière. Un gros mortier en marbre était posé près des bouilloires sur le plan de travail. Mrs Parousia, qui ne parlait pas anglais – « Mama », il l'appelait –, était apparemment absente, mais Kathleen vit que des herbes fraîches avaient été récemment suspendues à l'envers à la fenêtre.

« Je vous en prie, Mrs Beckett », dit Cosmo en reniflant, et il lui désigna une chaise.

Elle ne s'assit pas. Quand elle proposa d'aller lui chercher un mouchoir, ou de lui faire du thé, il gémit un peu, en se retenant.

Kathleen Beckett n'aurait su dire pourquoi, dans l'étrange silence qui emplissait le salon de Cosmo Parousia Jr., elle porta les mains derrière son cou pour défaire l'attache de sa robe, mais alors qu'elle fermait les yeux et la dégrafait, elle pensa à Billy Blasko en ce jour d'automne où il était venu la voir à Bench Street. Ils ne s'étaient pas reparlé depuis. Quand Cosmo se jeta sur elle et commença à embrasser passionnément son cou et ses seins, et que ses petites mains s'agrippèrent avidement aux hanches de Kathleen, ce n'étaient pas ses mains à lui, et quand il gémit : « Je vous en prie, Mrs Beckett », en répétant ces mots et en se hissant sur la pointe des pieds, pelotant sa clavicule, ce furent les lèvres de Billy qui se posèrent sur sa peau.

Marchez dans l'amour, comme le Christ nous a aimés et s'est livré lui-même pour nous comme offrande parfumée en sacrifice à Dieu, pensa Kathleen, alors que Cosmo abaissait la fermeture éclair de sa robe.

9

VIRGIL SORTIT DU 14B et descendit les marches jusqu'à la piscine pour la dernière fois, en se demandant bien comment expliquer le coup de fil à Kathleen. Elle n'aimait déjà pas son père, et il doutait fort qu'elle puisse se soucier de ce qu'il lui arrivait – ce n'était pas très grave, se dit Virgil, si elle s'en fichait –, mais les récits de Coke Beckett avaient trait en général à des événements remontant à Mathusalem. Virgil commençait vaguement à se dire que les allégations de Coke, aussi bizarres fussent-elles, étaient peut-être fondées, quand il aperçut, dans la lumière bleu-noir du soir qui tombait, Cosmo Parousia Jr. assis à côté de sa femme au bord de la piscine.

Les jambes du proprio étaient toutes droites, croisées aux chevilles, il se tenait en arrière en appui sur les deux mains et fixait le ciel de plus en plus sombre comme si le soleil brillait encore. On aurait dit un couple, pensa Virgil, tous deux d'âge mûr et épris depuis longtemps : Kathleen, une ex-athlète, grande, aux jambes fortes, études en fac, adossée contre le rebord d'une piscine, en compagnie de

Cosmo, un proprio petit et poilu originaire d'une ville grecque dont personne n'avait entendu parler, installé près d'elle d'une façon suggérant un engagement éternel. Il n'y avait pas assez d'espace entre eux pour que Virgil soit à l'aise avec ce qu'il voyait, mais il ne pouvait pas sérieusement envisager la chose. Comment Kathleen l'avait-elle surnommé, déjà ? *Le petit troll.*

« Mr Parousia, dit-il, et il se força à sourire. Vous pouvez peut-être m'aider. Il semblerait qu'une personne refuse de sortir de la piscine. »

Cosmo sourit. « Je suis très content que des gens nagent, dit-il en agitant une main plate vers l'eau. Personne n'utilise la piscine, et c'est beaucoup de travail pour l'entretenir. Je suis content que des gens l'utilisent. »

Ce ne sont pas des gens, pensa Virgil, *c'est ma femme*, et il se tourna vers elle. « Kathy, dit-il. Chérie, tu dois être gelée. Tu te sens bien ? »

Elle regarda fixement l'eau. « Je me sens on ne peut mieux », dit-elle.

Virgil se raidit. « Bon, qu'est-ce que tu comptes faire pour le dîner ? Les garçons sont prêts. »

Kathleen leva une main ruisselante vers leur balcon. « Il y a des cordons-bleus dans le frigo. Trente minutes à cent quatre-vingts degrés. Je ne vais pas tarder à remonter, dit-elle.

— Kathleen, dit Virgil. Mon Dieu, regarde tes doigts. »

Mrs Beckett regarda ses mains enflées. Elles étaient toutes fripées. Autour des ongles, la peau plissée avait depuis longtemps commencé à se ramollir, perdant ses cuticules.

« Je sais, dit-elle. C'est drôle, non ? »

Cosmo se leva et s'étira. « Faut que j'y aille. Bonne soirée, Kathleen, dit-il. Virgil. »

S'il avait pris la peine de réfléchir, Virgil aurait pu s'apercevoir que c'était la première fois que leur proprio s'adressait à eux par leurs prénoms, et non par « Mr et Mrs Beckett », et hormis les jeunes infirmières de Naples qui entre deux éclats de rire l'appelaient « *Il Poeta* », Virgil n'avait encore jamais entendu son nom prononcé dans une langue étrangère. Alors que Cosmo passait devant lui, Virgil ressentit une perturbation qu'il ne put exprimer : le haut de l'épaule de Cosmo frôlant les muscles du biceps droit de Virgil. C'était juste assez agressif pour que Virgil se détourne de Kathleen et regarde le petit proprio franchir la porte du 1A en se dandinant.

« Kathy, dit Virgil, un peu de sérieux, tu veux bien ? Il est temps de sortir de là.

— Pas encore », dit-elle.

Virgil écouta l'air du soir et perçut un rire fou et haut perché. Les oies étaient parties. « Tu aurais dû entendre Coke au téléphone. Tu sais, je pense qu'il perd vraiment la tête.

— Qu'est-ce qu'il a dit ?

— Il voulait connaître ton groupe sanguin. Il disait n'importe quoi. N'a pas l'air bien du tout. »

Kathleen s'écarta de lui pour rejoindre le centre de la piscine. Une feuille sombre et mouillée s'accrocha à une de ses épaules. Elle mit la tête sous l'eau et la ressortit, lissa ses cheveux avec ses deux mains. « J'ai failli oublier, dit-elle. Il y a eu un autre appel aujourd'hui. Une femme.

— C'était qui ? demanda-t-il.

— Elle n'a pas dit son nom. Elle a juste dit qu'elle cherchait quelqu'un du nom de Charlie. »

Au-dessus d'eux, la silhouette de Mrs Donovan apparut, puis disparut derrière les rideaux.

« Un faux numéro, sûrement », dit-il.

(Était-ce sa voix à lui ?)

« Elle voulait savoir si "Charlie l'a reçu", dit Kathleen, et pour la première fois de la journée, sans doute, elle le regarda. Tu as reçu quoi ? »

Tout le monde attendait. Les garçons, leur dîner. Mrs Donovan attendait, mais pas Kathleen ; elle aussi s'inquiétait pour son dîner. Allaient-ils la nourrir, traîner autour de la piscine toute la journée, ou devrait-elle se contenter des restes ?

On était dimanche. Coke attendait que son fils le rappelle. Artie Wooz attendait que Louis Porter meure, Tom Braddock attendait de quitter Wilmington, et Little Mo, étonnée que Virgil ne l'ait pas encore appelée, avait fini par dénicher son nouveau numéro et lui avait téléphoné. Elle attendait de savoir s'il avait reçu le saxophone. Et maintenant Kathleen attendait que Virgil lui réponde.

Dieu seul savait ce que Little Mo avait pu lui dire.

La bouche de Virgil s'ouvrit. Il n'avait que deux mots à prononcer – « Un saxophone » –, et ça pourrait commencer, tout pourrait commencer maintenant, au bord de cette petite piscine, pensa-t-il, alors que le poids de son corps l'enfonçait dans le béton à travers ses chaussures de golf. Il sentait sa propre gravité alors que la lune de novembre se profilait au-dessus du toit.

Il faisait encore bon dehors, mais l'air sentait l'eau froide. Les lueurs blanches des téléviseurs dans les salons verts des résidents palpitaient et brillaient, donnant au pentagone l'allure d'un vaisseau spatial, et Virgil s'attendait presque à voir toute la résidence d'Acropolis Place se détacher de la Terre, planer brièvement, puis entamer son ascension. Une chienne était dans l'espace en ce moment même, pensa-t-il, pris de vertige, elle volait juste au-dessus de lui, et c'était comme si tout ce qu'il considérait comme logique était illogique. Les définitions du rêve et de la réalité, tels qu'il les concevait depuis toujours, s'étaient inversées : le rêve était le raisonnement conduit par les principes de validité, et la réalité était tout ce qui était déraisonnable. Non valide. Il se dirigeait vers quelque chose de totalement inconnu, il le savait, comme si son esprit filait à travers une suite de questions inappropriées. « Un saxophone. J'ignore qui l'envoie » ou « Quelqu'un m'a envoyé un saxophone ». Tout paraissait épouvantable, presque pire que la vérité.

Qu'avait-il reçu, demanda Kathleen, mais Virgil ignorait ce qu'il avait reçu. Un instrument dont il ne savait pas jouer.

La nouvelle maison qu'il avait promise à Kathleen était encore très loin, et vu comment les choses se passaient à Equitable, s'il voulait être absolument honnête à ce sujet, ils ne seraient pas en mesure de quitter Acropolis Place avant le printemps. Voire l'été. Peut-être plus tard encore. Virgil travaillait à la commission maintenant, et il n'avait pas signé un seul client. La Bluebird lui avait été avancée sur salaire. Un outil de motivation, lui avait dit Lou Porter, et il devait déjà des traites à sa boîte.

Les gens l'aimaient bien, tout comme sa voiture neuve bleu-vert, ils étaient heureux de discuter avec lui – Virgil Beckett était si douloureusement beau à regarder –, mais quand venait le moment de signer, de sortir le chéquier, ils se rétractaient toujours. Virgil ne comprenait pas. Il avait tout fait comme il fallait. Au cours des six derniers mois, il avait arrêté la boisson, les femmes. Il allait à l'église.

Artie Wooz croyait toujours en lui – il était impossible de ne pas vouloir croire en Virgil Beckett –, mais la semaine dernière il l'avait prévenu qu'il risquait d'avoir des ennuis à Equitable s'il ne rapportait aucun contrat. Il demanda à Virgil d'être plus obstiné, « Rappelle tous les jours s'il le faut », et cette après-midi-là, alors que chacun rentrait chez soi, Wooz lui avait fait un clin d'œil et dit : « Sers-toi de *Spoutnik*. » Lui-même avait un enregistrement du bip régulier qu'émettait *Spoutnik 1*, qu'il passait aux femmes au foyer dans leur salon. Devant leurs enfants. « Sois gentil. Prends ton temps, dit Wooz. Dis-leur qu'elles ont une belle maison, de beaux enfants, mais que *la beauté n'est pas un gage de sécurité* »...

Artie Wooz, pensa-t-il, dégoûté. Artie Wooz était un *crétin*. Les compagnies d'assurances étaient pleines de *crétins*, et en cet instant précis Virgil Beckett ressentit pour la première fois la gravité qu'il pensait avoir atteinte : mais qu'est-ce qu'il fichait dans le Delaware ? Acropolis Place ? Les appartements avaient été construits sur une colline, comme l'Acropole à Athènes, l'Acropole de Rhodes, mais on n'était pas en Grèce. On était dans le Delaware.

La veille de son départ d'Italie, Virgil avait visité le Duomo di Napoli, la cathédrale de Naples qui avait miraculeusement survécu à la guerre comme au volcan, et que les infirmières insistaient pour qu'il aille voir. Virgil n'avait encore jamais vu de cathédrale. Il monta en boitant les marches de pierre avec ses béquilles, entra dans l'édifice, et fut stupéfié par l'échelle incroyable des lieux, l'odeur froide de la chaux, les fresques baroques, les statues de bronze massives, la lumière qui se déversait par les fenêtres de l'abside, l'entraînant vers une sculpture d'un blanc doré incandescent de l'assomption de Marie à Éphèse, une femme qui montait au ciel, corps et âme. L'endroit était désert, hormis un rang de Napolitains récitant en silence des prières à ses pieds, et Virgil sut aussitôt qu'il ne pouvait pas rester. Il n'allait même pas à l'église. Les Italiens et leur cathédrale, leur rêve de Marie, c'était quelque chose de réel, et lui, Virgil Beckett, qui sortait vite du Duomo sur ses béquilles, était un faux-cul. Kathleen – qui l'observait attentivement depuis le centre de la piscine – l'avait toujours traité de faux-cul. Depuis le tout début. Il pouvait laisser tout tomber, pensa-t-il, renoncer à cette existence de faux-cul, et s'installer à l'ouest, chez lui. Il était clair que son père, plus que jamais, avait désormais besoin de lui…

C'était si simple. Il pouvait rentrer. Le saxophone était dans le coffre de la Bluebird, et quatre cent cinquante kilomètres le séparaient de Pawtucket. Virgil n'avait qu'à dire « Un saxophone » à Kathleen et la chose se produirait : il n'aurait plus qu'à quitter sa femme, puis s'en aller, filer en Bluebird jusqu'au Crooly's et faire la surprise à Little Mo. Il emmènerait la serveuse rousse et le saxophone sur la Lincoln Highway, traverserait la Pennsylvanie, le Midwest, jusqu'à Salt Lake City, puis ensuite jusqu'à Reno. Virgil avait déjà fait ce long trajet, et pouvait le refaire de mémoire. Les garçons recevraient des cartes postales intéressantes. Il arriverait à la cabane de Coke à Big Sur avec la jolie petite Imogene Monson au bras, et elle pourrait s'occuper de son père. Coke allait adorer Imogene. La fille avait son franc-parler et jurait comme une ado.

Virgil savait déjà comment lover son corps autour d'elle.

Le week-end, ils pourraient aller en Bluebird à Monterey, pourraient se rendre au Golden State Theatre, et il lui parlerait, encore et encore, du jour où il avait vu Charlie Parker ici. Et les dimanches ? Fini le golf. Les dimanches seraient de nouveau à lui : de longues journées libres à se dorer la pilule sur la plage de Del Monte comme quand Virgil était jeune : étaler une serviette sur le sable plat et regarder les surfeurs escalader des vagues vitreuses avant de se hisser, debout sur leurs talons, pour disparaître dans de grands rouleaux d'eau blanche et émerger juste après de l'autre côté, indemnes, ou s'écrouler péniblement dans l'écume. Little Mo, tout sourire, arborerait un bikini taille haute avec un haut froncé sans bretelles. Un rouge à lèvres rouge cerise. Elle porterait un panier de pique-nique et marcherait pieds nus sur le sable. Virgil lui tiendrait la main, il porterait une veste en velours à double boutonnage aux manches relevées. Des lunettes de soleil. Des chaussures plates. Pas de chaussettes. Il avait toujours gardé ses chaussures à la plage.

Le saxophone. Il apprendrait enfin à en jouer, et s'imagina assis à la table de pique-nique devant la cabane de Coke après la mort de son père, en train de jouer « All the Things You Are » devant la mer.

La lune s'avançait au-dessus de la piscine. Les beaux jours de novembre touchaient à leur fin. Ça n'allait pas durer. La fraîcheur du soir qui tombait s'insinua sous les vêtements de Virgil, courut sur sa peau. Demain, il ferait de nouveau froid. Le vendredi, Kathleen et lui avaient prévu de se rendre à Wilmington. Ils étaient censés aller voir *Le Rock du bagne*. Iraient-ils ? *Le saxophone*, pensa-t-il, et Virgil remua le mot dans sa bouche jusqu'à ce qu'il déborde presque – Kathleen le regardait à présent avec beaucoup d'intensité –, mais les mots ne venaient pas. Qu'était-ce qu'un saxophone ? La chose dans le coffre de la Bluebird, le Jolly Frank, avec un coq pour absurde logo ? Le saxophone avait la forme d'un J, était compliqué, un dédale confondant de tuyaux et de pistons, de gardes et de spatules, de boutons dorés et nacrés qui couraient le long de l'instrument – des clés, c'est ça ? On appelait ça des clés ? Certaines semblaient déjà collantes. Sur sa langue, le goût amer de l'anche s'attardait encore. Le saxophone était une langue entièrement nouvelle que Virgil Beckett allait devoir apprendre – comme c'était épuisant !

Pourquoi Little Mo lui avait-elle donné le saxophone ? Franchement, c'était une chose assez destructrice à faire, pensa-t-il, de l'envoyer ainsi à son bureau. Quelle autre destruction allait apporter Little Mo ? La fille n'avait que vingt et un ans. Kathleen avait toujours dit que ses parents se disputaient parce que sa mère était trop jeune pour son père. Little Mo allait vieillir, vouloir des enfants. Sa silhouette, une petite malle tout en jambes, ne s'en remettrait pas vraiment – certainement pas aussi bien que Kathleen, qui était grande –, et Little Mo buvait. *Beaucoup*. Elle aimerait peut-être vivre avec lui dans la cabane de Big Sur – ou pas. Elle se tiendrait dans la petite cuisine de Coke, les joues rouges, furieuse, refusant de faire la vaisselle parce qu'il n'y avait pas de véritable évier. Elle n'était pas d'ici, crierait-elle, en balançant une assiette contre le mur ; elle voulait *se tirer de là*, *se barrer de Californie*, et lui, à l'âge de quoi, quarante ans ? entamerait les longues décennies qui suivraient en l'ignorant. Little Mo était un risque. Et Virgil Beckett ne prenait pas de risques.

Il ferma les yeux et vit sa mère agiter sa belle chevelure blonde, descendre Del Monte Avenue dans une robe chiffon couleur pêche :

C'est une matinée *parfaite* à Monterey. Le soleil brille. Dans les terres, venues de la baie, l'odeur des orangers et celle du bétail parfument l'air marin. Bitsy Beckett jette un coup d'œil à une mouette qui crie, puis regarde les livreurs décharger des liasses de journaux, qui atterrissent à leurs pieds dans un bruit sourd. Mais regarde là-bas, regarde un peu ! Sur l'autre trottoir, les pêcheurs d'ormeaux japonais sont en train de sauver un des leurs, qui a manqué se noyer en essayant de détacher un mollusque d'un énorme coquillage rougeâtre. *Comme c'est triste*, pense-t-elle, en descendant du trottoir, sur la chaussée. Son instinct, issu des séismes, la pousse vers la tragédie, qui se déroule non loin d'elle. Elle n'a pas peur. Elle peut peut-être aider, pense-t-elle. C'est dû à la façon dont ils portent le type hors de l'eau par les bras et les jambes comme si c'était une table, le déposant sur l'herbe dans sa tenue de plongeur, ôtant le gros scaphandre rond pour tenter de le ranimer. Est-ce qu'il respire ? Le pauvre ! Impossible de voir…

Le bus était arrivé pour Virgil maintenant. Il n'avait pas regardé où il allait. Il n'apprendrait jamais à jouer du saxophone. Il n'était même pas allé jusqu'à New York. Il était allé dans le Delaware. Il n'avait même pas étudié la musique à la fac. Sa matière principale était la psychologie.

« Ne jouez pas du saxophone, laissez-le jouer en vous », avait dit Charlie Parker, et Virgil comprit, en sursautant, que c'est exactement ce qu'il avait fait.

Il y était presque à présent, il avait presque pris sa décision, mais il n'était pas encore capable de parler : Kathleen était aux manettes. Elle savait déjà que c'était lui, « Charlie ». Tous ces week-ends où il était rentré ivre à la maison, empestant la fumée et le parfum. Elle savait tout. Il était devenu incroyablement négligent au fil des ans. Pastilles à la menthe, boucles d'oreilles. Pochettes d'allumettes avec des numéros de téléphone griffonnés dessus dans ses poches. Une fois, un tube de rouge à lèvres. C'était tellement évident, tellement cliché, tellement indiscret, on aurait pu penser que c'était comme s'il *voulait* que sa femme s'en aperçoive, et dise quelque chose. Elle n'avait jamais rien dit. Un saxophone. Kathy devait *vouloir* qu'il dise la vérité, songea-t-il, sinon pourquoi prendre la peine de mentionner le coup de fil de cette femme ? S'il parvenait à prononcer les mots et avouer, peut-être que ça ne détruirait pas son mariage ; peut-être que sa femme lui offrait une chance de clarifier les choses. Afin qu'elle puisse lui pardonner. Ou voudrait-elle divorcer ?

Virgil savait qu'il était piégé : le passé devait être révélé. Il devait revenir en arrière, et là seulement, il pourrait avancer. Ce mariage – ou la comédie qu'ils jouaient – devait cesser. L'heure était venue. Virgil allait tout déballer, pas seulement Little Mo et le saxophone – toutes les autres filles. Il était plus que temps. Il ne savait pas ce qui allait se passer, mais il était prêt.

C'est lui qui avait mal agi, aussi Kathleen ne pouvait pas le confronter directement ; c'était à lui de commencer.

Un saxophone, pensa-t-il de nouveau, et il faillit dire le mot alors que la lune au-dessus du toit du pentagone, brillante et gibbeuse, éclairait l'eau de la piscine, teintant l'air d'un gris terne. La mort était imminente, mais Virgil n'avait pas peur.

En 1937, sur le Golden Gate Bridge, un homme vêtu d'un beau costume sur mesure s'était attardé près de lui et Bitsy, pour écouter sa mère qui chantait : « *And its charms caress the arms I'm longing for* » (Jetant ses charmes sur les bras que j'attends.) L'homme paraissait jeune, mais ses tempes étaient blanches. Il n'avait pas de chapeau. Il était resté devant le garde-fou avec eux, et quand Bitsy attendit que les voitures passent et traversa le pont, en tirant Virgil avec elle, l'homme les suivit. Il ôta sa veste, son gilet. Il dit qu'il était un vétéran de la Grande Guerre et cria : « Impossible de rentrer », puis il escalada le garde-fou d'un mètre vingt, envoya un baiser à Bitsy et sauta du pont, son corps tombant dans un sifflement jusqu'à l'eau en dessous. Étrange que Virgil ne se souvienne de lui que maintenant. Était-ce seulement arrivé ?

Kathleen attendait toujours. L'eau froide ondulait autour de ses épaules rondes, éclairées par la lune en anneaux d'or. Le drapé mouillé de ses cheveux noirs faisait penser à un casque. Le cœur de Virgil était léger. Il aimait Kathleen. Sincèrement. Il aimait ses enfants.

« Un saxophone », dit-il, et il tomba, tout habillé, dans la piscine.

10

COMME VIRGIL PARAISSAIT PETIT aux yeux de Kathleen alors qu'il montait les marches pour téléphoner à son père, son sac de golf sur l'épaule. Comme c'était étrange, pensa-t-elle, que tous les dimanches son mari ait envie de pratiquer un sport où il ne gagnait jamais. Elle n'avait jamais compris ça. Kathleen frissonna, frotta ses pieds l'un contre l'autre dans l'eau. Elle avait encore quelques longueurs en elle. Elle sentait la peau sur ses talons se détacher dans l'eau tandis qu'elle regardait Virgil aller de la cuisine au salon en parlant à son père au téléphone. Elle n'avait pas besoin de se demander ce que Coke lui disait.

Au cours de l'été 1950, un an après la naissance de Nathaniel, Coke avait traversé le pays, sans y être invité, pour voir leur bébé. Kathleen était enceinte de Nicholas de quatre mois. L'après-midi de son arrivée à Bench Street, Virgil et elle avaient été sincèrement étonnés de le voir. Ils le firent entrer chez eux, l'emmenèrent directement à la chambre d'enfant, et Coke se posta devant le berceau en fronçant les sourcils. « Il te ressemble pas du tout », dit-il, et Virgil répondit : « De quoi est-ce que tu parles ? Bien sûr que si », mais Coke secoua la tête. « Non, dit-il, plus fort. Le bébé ressemble toujours au père, et çui-ci, *pas du tout.* »

Nathaniel se mit à pleurer. Virgil fit vite sortir son père de la chambre, et Kathleen les suivit, nerveuse, dans l'escalier. Elle alla dans la cuisine et les écouta se disputer dans le salon. Coke parlait des livres qu'elle rangeait sur l'étagère. Il sortit un des romans de Billy, et Kathleen l'entendit le jeter sur la table basse. « Mais c'est quoi ce truc, bon sang ! dit-il. Ta mère lisait des magazines, elle ! »

Kathleen entendit Virgil prendre, à sa façon, sa défense : « Elle ne les finit pas, dit-il. Regarde, ils sont tous cornés à une page ! »

Mais Coke dit que c'était pire. Quelle sorte de femme ne terminait jamais les livres qu'elle lisait ? « Je ne lui fais pas confiance », dit-il, et parce que le colonel Colson Beckett était le genre d'homme qui estimait que son avis, parce que sensé, devait être répété, dit : « Non, pas confiance *du tout.* »

Colson et Kathleen avaient réussi à se supporter pendant ces neuf longues années, mais uniquement parce qu'ils ne se voyaient jamais. Une seule fois, au cours de toute cette période, Kathleen avait senti qu'elle était sur le point de dire quelque chose d'irréparable.

En août dernier, après que Coke s'était plaint à Virgil de palpitations cardiaques (comme si quoi que ce soit, avait-elle pensé, pouvait palpiter dans ce cœur de métal rouillé), ils avaient chargé la Bluebird neuve et parcouru en entier la Lincoln Highway. Kathleen envoya des cartes postales à ses amies. Quand ils arrivèrent à Big Sur, ils découvrirent que la cabane sur la côte n'avait qu'une seule chambre, où dormait Coke. Kathleen et Virgil se contentèrent de lits de camp pliables dans le salon, que Coke avait récupérés quelque part, et les garçons campèrent dehors avec des sacs de couchage, près de la table de pique-nique de Coke, dans un petit jardin rocailleux avec une vue dégagée sur l'océan.

La cabane, une baraque basse et difforme, au toit de chaume envahi par le lierre, avait été construite par un des premiers colons de la région, dit Coke d'un air satisfait, des types qui savaient vraiment ce que c'était que de se débrouiller tout seuls. Il y avait une petite cheminée mais aucune source de chaleur. La plomberie avait été bricolée au moyen d'une vieille barrique à vin que Coke avait transformée en citerne d'eau de pluie. Pendant les périodes de sécheresse, eh bien, c'était pas de bol, dit-il.

La huitième nuit, Kathleen, écœurée par l'inhalation constante de fumée, épuisée à force de se coucher tard pour écouter Coke raconter une fois de plus des histoires obscènes, n'avait pas bien dormi. Aux premières lueurs du jour, elle renonça à faire des efforts. Elle se leva du lit de camp pour faire le café, quand elle entendit un gémissement étouffé montant de la chambre de Coke.

C'était bien son genre, pensa-t-elle, de garder un chien qu'ils n'avaient jamais vu.

C'était un matin noir, froid et humide, sur la côte de Californie. Dehors, tout près, de grandes vagues s'écrasaient sur le rivage. Kathleen, inquiète pour les garçons, se rendit dans le jardin et ouvrit leur tente. Nicholas dormait, mais le sac de couchage de Nathaniel était vide. Kathleen se dit qu'il avait dû aller faire pipi quelque part – les garçons, au moins, adoraient faire ça dehors, dans la nature – et elle contourna la cabane à sa recherche. Quand elle aperçut une lumière derrière la fenêtre de la chambre de Coke, elle regarda à l'intérieur.

L'homme, soixante et un ans, les cheveux blancs, était assis dans son lit avec Nathaniel à côté de lui. Le dos du garçon était penché à un drôle d'angle, et il fixait, le visage tendu, le mur du fond. Une des mains de Coke tenait la manche du pyjama de Nathaniel, relevée jusqu'à son épaule, et un tuyau en caoutchouc était serré autour de son bras.

Coke était en train d'insérer une seringue dans la partie molle de son coude. « C'est ce qu'on appelle la fosse cubitale, dit-il. Et ça, c'est la veine médiane. »

Kathleen continua de regarder jusqu'à ce que l'aiguille ressorte, puis tapa fort sur la vitre. « Non, mais qu'est-ce que vous fabriquez ? »

Coke redescendit la manche de Nathaniel et lui tapota la cuisse. « Va te recoucher, maintenant », dit-il, et il ne regarda pas une seule fois Kathleen en replaçant la seringue dans ce qui ressemblait à une vieille trousse médicale, après quoi il se leva et tira le rideau devant elle.

Kathleen insista pour que la famille fasse ses bagages et parte le matin même. Quand Virgil lui demanda pourquoi, elle dit simplement qu'elle avait besoin d'une vraie salle de bains. Nathaniel avait à peine parlé sur le chemin du retour et ne s'était guère exprimé depuis. Il préférait désormais laisser Nicholas parler à sa place. Elle s'inquiétait du silence de son fils, et ignorait s'il comprenait ce qui lui était arrivé, mais elle savait que maintenant, que ça plaise ou non, depuis la piscine d'Acropolis Place avec le ciel de novembre qui virait au rose sombre au-dessus d'elle, les feuilles mortes que le vent déposait sans cesse sur l'eau, les choses allaient changer. Il commençait à faire froid. Elle n'allait pas tarder à devoir sortir de l'eau, mais elle resterait le temps qu'il faudrait.

En 1948, à peine deux mois après que Kathleen eut remporté son second et dernier championnat de tennis interuniversitaire et emménagé dans le Delaware, elle lut dans le journal que Margaret Osborne duPont avait battu une joueuse au revers coriace de l'Oklahoma, Louise Brough, quinze-treize après quarante-huit jeux. C'était la plus longue finale de tennis féminin jamais disputée. Kathleen ne supportait pas ça, ce qu'elle était devenue. Elle deviendrait donc quelqu'un d'autre. Elle monta à l'étage et enfila son imper sur sa chemise de nuit. Se décoiffa. Se maquilla n'importe comment. Elle avait abandonné le tennis trop facilement, elle le savait, et s'en voulait d'avoir laissé une personne comme Randy Roman abuser de sa confiance. Quatre ans plus tard, en 1952, Kathleen lut dans le journal que Margaret avait donné naissance à un fils. Deux ans plus tard, elle remportait Wimbledon. De nouveau. Elle l'avait déjà remporté quatre fois.

« DuPont », dit Kathleen en riant dans la piscine. Autant dire : « depuis le pont ». Billy n'avait raison qu'en partie concernant le tennis ; c'était une question de posture, de mouvement, mais c'était surtout une question d'endurance. C'est tout ce dont elle avait besoin aujourd'hui. Avec un peu plus d'endurance, tout serait bientôt fini. Kathleen Lovelace, et c'est la présidente de l'université du Delaware qui le lui avait dit, possédait une remarquable endurance. *Idem* pour Kathleen Beckett. Elle rajusta les bretelles de son maillot de bain, leva les bras en l'air, s'étira.

Une parcelle de lumière apparut devant l'appartement 1A. Nicholas et Nathaniel sortirent en courant de chez les Parousia et filèrent vers l'escalier.

Depuis ce matin de septembre, Kathleen et Cosmo n'avaient échangé que des civilités, mais pendant que Virgil était chez eux Kathleen vit le proprio sortir de chez lui, emboiter le pas aux garçons et se diriger en se dandinant vers la piscine.

Cosmo lui tendit un verre d'eau comme s'il comprenait ce qu'elle faisait.

« Vous avez besoin d'autre chose ? dit-il.

— Non, merci », dit-elle, et elle éteignit la radio.

Cosmo s'assit à côté d'elle, sur le béton. Il étendit ses jambes et mit ses deux mains derrière lui en appui. Il contempla le ciel. « Ils en ont envoyé un autre, dit-il.

— Je sais, dit Kathleen. Ils ont envoyé une chienne cette fois-ci.

— Oui, dit Cosmo.

— Elle va mourir », dit Kathleen, et elle sentit que Cosmo voulait ajouter quelque chose. Elle apprécia qu'il n'en fasse rien. La façon dont il avait posé son corps si près du sien près de la piscine était, toutefois, inacceptable. « Vous devriez rentrer chez vous, dit-elle.

— Je suis inquiet pour vous, dit-il.

— Je vais très bien, dit-elle. Ne vous faites aucun souci pour moi. »

Cosmo pencha la tête en arrière alors que la dernière tranche de soleil passait au-dessus du toit du pentagone, et les cieux apparurent, noir et bleu. Il dit ce qu'il voulait dire.

« Il ne vous mérite pas.

— Si, il me mérite, dit Kathleen, et ce fut tout avant que l'ombre de Virgil apparaisse, tourne en bas de l'escalier et se dirige vers la piscine.

— Kathy, dit-il. Chérie, tu dois être gelée. Tu te sens bien ? »

Elle regarda l'eau. « Je vais on ne peut mieux », dit-elle.

Virgil se redressa. « Bon, qu'est-ce que tu comptes faire à dîner ? Les garçons sont prêts. »

Kathleen leva une main ruisselante et désigna le balcon. « Il y a des cordons-bleus dans le frigo. Trente minutes à cent quatre-vingts degrés. Je ne vais pas tarder, dit-elle.

— Kathleen, dit Virgil. Mon Dieu, regarde tes doigts. »

Elle regarda ses mains. « Je sais, dit-elle. C'est drôle, non ? »

Cosmo se leva et s'étira. « Je dois y aller. Bonsoir, Kathleen, dit-il. Virgil. »

Les enfants Beckett regardèrent Cosmo retourner dans son appartement. La lumière devant le 1A s'éteignit.

« Kathy, dit Virgil, sois raisonnable, tu veux bien ? Il est temps de sortir. »

Mais Kathleen n'était pas encore prête à sortir de la piscine. Une fois qu'elle serait sortie, tout retournerait à la normale, et la normale n'était plus acceptable. Elle ignorait en se levant ce matin qu'aujourd'hui serait le jour, mais c'était le cas. Virgil avait parlé à Coke. Elle savait qu'elle allait devoir évoquer le passé, mais elle n'avait pas encore décidé si elle allait lui parler de l'avenir. Kathleen Beckett allait rester dans la piscine, en apesanteur, le temps qui serait nécessaire. « Pas encore », dit-elle.

Ça devait venir d'abord de Virgil. Parce qu'elle aussi avait mal agi. Ce n'est que s'il lui parlait en premier de la fille au téléphone qu'il pourrait, à son tour, lui pardonner. Depuis le centre de la piscine, Kathleen vit la silhouette de Mrs Donovan passer et repasser derrière les rideaux de son salon, puis elle s'arc-bouta, plongea la tête sous l'eau une dernière fois, et refit surface en lissant ses cheveux avec les deux mains.

« J'allais oublier, dit-elle. Il y a eu un autre appel aujourd'hui. Une femme.

— C'était qui ? demanda Virgil.

— Elle n'a pas dit son nom. Elle a juste dit qu'elle voulait parler à un certain "Charlie".

— Sûrement un faux numéro », dit Virgil.

Et ce fut le moment : le service, la volée. Pour la première fois de la journée, Kathleen regarda son mari. Il était vraiment très beau. Elle eut de la peine pour lui. « Elle voulait savoir si "Charlie" l'avait bien reçu, dit-elle. Qu'est-ce que tu as reçu ? »

Les lumières des salons d'Acropolis Place commencèrent à s'allumer, à palpiter. Les étoiles, bien que brillantes, restaient invisibles. Kathleen avait épousé Virgil Beckett précisément parce qu'il n'était pas comme les autres garçons qu'elle connaissait – et parce qu'il était exactement ce qu'elle, jeune fille, avait voulu que soit un époux. À la différence de ses parents, Virgil n'élevait presque jamais la voix, pas même avec Nicholas. Que ce soit ici ou à Pawtucket, il était calme. Quand il souriait, il montrait toutes ses dents. Il n'avait pas l'esprit de compétition. Il n'aimait pas le changement. Il aimait s'allonger, écouter du jazz. Du be-bop. Ses cheveux, d'un blond solaire, éclaircissaient en été, et il se peignait toujours de la même façon chaque jour, avec le vieux peigne en corne de bison de son père. Ce retour dans le Delaware, la décision d'aller à l'église – elle savait qu'il se faisait des illusions. Depuis les portes de l'église presbytérienne, une fois le service terminé, Kathleen voyait la gêne de Virgil dans son costume, dans la façon dont il parlait avec ses collègues d'Equitable. Il était clair aux yeux de Kathleen, et peut-être uniquement aux siens, que Virgil n'était pas fait pour ça. Mais elle n'avait jamais voulu qu'il le soit.

C'était peut-être la faute de Billy Blasko – depuis son histoire avec Billy, Kathleen avait trouvé la compagnie des mâles américains soit comique soit insupportable. À la fac, plus d'une fois, elle les avait entendus dire des choses horribles sur les femmes, mais Virgil Beckett n'avait rien fait de tel. Il ignorait qu'il était censé le faire. Lui aussi était un étranger, un des rares types de la côte Ouest qui, pour une raison ou une autre, s'étaient retrouvés à l'est. Le temps lui-même avait toujours semblé passer doucement en compagnie de Virgil, et alors que Kathleen le regardait, attirant lentement son mari, à sa façon, sur le pont, le regardant soupeser en pensée ce qu'elle lui avait offert – une occasion de lui dire la vérité afin qu'elle puisse, elle aussi, lui dire la vérité –, ce soir-là n'était guère différent. Ils se retrouvaient là, en suspens.

Elle n'avait pas prévu ça. Le moment était arrivé et, dans la piscine sombre, Kathleen Beckett se mit à trembler. Si sa vie avec Virgil jusqu'à ce jour avait été une sorte de mensonge irrattrapable, alors tous ses souvenirs étaient eux aussi des mensonges. Elle ne pratiquait plus le tennis. Ce rêve était fini. Si Virgil affirmait qu'il n'avait rien à avouer ? Qu'il en soit ainsi.

Malgré tout, dans sept mois, il y aurait un nouveau bébé, une grosse fillette aux cheveux noirs qui passerait sa vie à lutter contre l'apparition têtue d'une moustache grecque.

Tout ce qu'avait à faire Virgil, c'était de lui dire ce que la femme lui avait donné, et ça pourrait commencer, aussi attendit-elle. Kathleen Beckett pouvait attendre longtemps. Elle était gelée, mais sentait dans l'eau que son corps se trompait gravement – tout dépendait de Virgil maintenant.

Au-dessus d'eux, dans l'espace, une petite chienne moscovite pleurait dans sa cellule. Elle était loin de l'endroit où on l'avait ramassée, près de la fontaine du parc Sokolniki. Le harnais qu'elle portait la serrait trop. La minuscule capsule dans laquelle elle avait été placée perdait de l'oxygène, bipait et tressautait. Le bouclier thermique avait échoué ; il faisait plus de trente-sept degrés. Son pouls ralentissait. La mort était imminente. Mrs Donovan et toutes les autres personnes âgées, seules ou en couple, étaient venues à Acropolis pour mourir. Bien qu'elle ne sût quasiment rien de lui, Kathleen imagina Cosmo Sr. au même endroit où elle se trouvait, au centre de la piscine, endurant son mal, une crise cardiaque, avalant, impuissant, des paquets d'eau, et Kathleen avait vu dans son propre corps toute la journée flotter celui du défunt Grec. Le fils Braddock était mort un mois plus tôt. Kathleen avait entendu dire que Sally, la mère du garçon décédé, que Kathleen avait souvent vue à l'église mais à qui elle n'avait jamais parlé, vivait dans un rêve, faisant comme si de rien n'était, feignant que son aîné se soit inscrit à la fac. Elle disait à ses amies, tout enjouée, qu'il étudiait la physique et avait éclaté de rire quand le révérend Underhill lui avait demandé ce qu'elle voulait comme enterrement. Son mari, Tom, avait déjà demandé le divorce.

La mort était partout autour d'eux et Kathleen n'avait jamais été aussi amoureuse de Virgil de sa vie. Le voir ainsi dans l'obscurité, dans ses stupides chaussures de golf, ses chaussures bicolores à embout, essayant toute la journée – sans succès – de sortir sa femme de la piscine. Oh, ça oui, il faisait des efforts. Mais Virgil n'avait pas l'endurance de Kathleen.

Il était à présent sur le pont. Kathleen connaissait bien son adversaire. Elle avait piégé son mari à la volée et l'obligeait à se rapprocher. Il n'avait aucune idée de ce qui allait se passer, mais le compte à rebours touchait à sa fin, la bombe était amorcée.

Ça allait faire mal ; personne n'avait dit le contraire. Mais même si « Charlie Parker » avait couché avec toutes les femmes de la côte Est, ça n'avait guère d'importance aux yeux de Kathleen. Elle serait honnête avec lui dès qu'il le serait avec elle. Tout ce dont ils avaient besoin, c'était d'une petite mort. Neuf ans de mariage, ce n'était *rien*, quand on y réfléchissait. Les gens restaient ensemble soixante ans, parfois plus. Elle allait l'aider à lâcher le morceau, et quand il aurait fini de lui dire la vérité sur l'homme qu'il voulait être, mais n'était pas, elle pourrait lui dire la vérité sur la femme qu'elle était. Voulait être. Kathleen était prête à tout lui dire.

Remerciements

Je tiens à exprimer mon immense gratitude à l'égard de Jean Garnett, qui par deux fois m'a fait bénéficier de son extraordinaire vision d'éditrice, et je souhaite également remercier toute l'équipe de Little, Brown qui s'est démenée pour que cette histoire voie le jour avec autant de soins. Je remercie également Kim Rutman, dont j'apprécie la grande patience et la manière bien à lui qu'il a de trouver le bon moment. Ce roman est né à Sturovo, en Slovaquie – merci à Karol Frühof de m'avoir choisie comme quarante et unième gardienne du pont Mária Valéria. Merci aussi à Kirsty Dunseath, à Penguin Random House (Angleterre) et aux lecteurs ici, aux États-Unis, qui m'ont aidée à mener à bien ce travail : Kate Christensen, Jason Ockert, Brian Brodeur, Thomas Israel Hopkins, Tracy Zeman, Amy Amoroso, mes chers parents, Thomas et Susan Anthony, et dans les dernières heures, ma sœur Julie. Enfin, tous mes remerciements et mon amour à mon compagnon, Jon Wyman, qui correspond à toutes les définitions de ce mot.

Du même auteur
au Cherche Midi :

Le Convalescent, 2016
Traduit de l'anglais (États-Unis) par Pierre Demarty

#lisez engagé !
www.lisez.com
Pour plus d'information :
Imprimé sur du papier issu de forêts gérées durablement.

Imprimé en France par
CPI Firmin-Didot
N° d'édition : M18194/01. – N° d'impression : 182011